テレシア
サルヴェール侯爵家に
仕える侍女長。
貫禄と威厳がある。
アンヌ
サルヴェール
侯爵家に仕える、
リゼット付きの侍女。
ノリが良い。
リゼット
政略結婚でサルヴェール
侯爵に嫁いだ令嬢。
大人しそうな外見とは裏腹に、
かなり芯が強く負けず嫌い。
手芸が得意。
登場人物紹介

オーランド
サルヴェール侯爵家に仕える侍従長。有能だが周囲には事務的に接する。
ニコラス
レオナルドの唯一の部下。膨大な仕事によく文句を言っている。
ルミン
レオナルドの従兄弟で、遊び人の放蕩息子。
レオナルド
サルヴェール侯爵家現当主。良くも悪くも仕事一筋で、四六時中仕事をしている。

「旦那様は大変忙しいお方なのです」

サルヴェール家の侍従長、オーランドさんはそうおっしゃいました。


そうでしょう。

旦那様は王家に信頼を置かれている貴族、サルヴェール侯爵卿なのですから。

サルヴェール家から王家に迎えられた女性の他に、サルヴェール家へと降嫁《こうか》した王女もいらっしゃる、という血族的にも王家に近しい高位貴族なのですから。

サルヴェール侯爵が陛下やご年齢の近い王太子殿下のご相談に乗られている、というお話も伺っております。それは理解しております。

ですから結婚式が華やかなものではなく、当人たちだけの略式化されたものなのも理解しておりますし、不満を申し上げるつもりもありません。

私たちの間には恋も愛も——いいえ、それどころか一度お会いしたきりで信頼関係もなく、互いの利害が一致した単なる政略結婚だというのも重々理解しております。

子爵とは名ばかりの没落貴族の私どもといたしましては、この結婚によってたくさんの支援金をサルヴェール侯爵家から頂くことになり、そのことに関しましては心より感謝いたしております。

二人の間に恋は無い。愛は無い。信頼関係は無い。

政略結婚？　こちとら痩せても枯れても貴族の娘です。自分の立場はきちんと理解しております。不満などございません。大いに結構。政略結婚、むしろどんと来い！

――ですが。

ですが、その結婚式に旦那様ご本人がいらしていないのは、さすがに……理解に苦しみます。

今生では着ることはないだろうと思われた、品質がよくて美しい真っ白なドレスに身を包み、古い歴史のある広い教会で立派な聖職者様の前に一人ぽつんと立つ姿は、第三者から見たら滑稽《こっけい》すぎるのです。

ドレスが豪華であればあるほど、教会が格式高い場所であればあるほど、式直前に新郎に逃げられた哀れな新婦の姿として際立ちます。

幸いにもそれを目撃する第三者すらおらず、今この場にいるのは私と聖職者様……そしてサルヴェール家の侍従長であるオーランドさんだけです。

格調の高い造形の柱も、色とりどりのステンドグラスから入る太陽の光も、入り口まで長く続く木目が美しい会衆席も、招待客が一人もいないせいで虚しさを強く演出してくれます。

いいえ。もしやここは、私に恥をかかさぬよう招待客を呼ばずにいてくださって、過分なご温情を賜《たまわ》り痛み入ります、と旦那様に感謝の念をお伝えすべきところなのでしょうか。非常に悩みます。

「あ、あの。ええっと。ご新郎様不在のままで式を執り行《おこな》うのでしょうか」

聖職様、私を見ないでください。答えられません。

私としましても、旦那様ご不在の中の結婚式というお話は一切伺っていないのです。

初めてのご経験のようで聖職者様も相当お困りのご様子ですけれど、私のほうが精神的打撃は大きいでしょう。

突然のことに茫然《ぼうぜん》としている部分もありますが、叫ばず、泣かず、暴れ出さず、逃げ出さず、この場に大人しく立っているだけでも何と偉いことか、と自分で自分を褒めたいと思うのです。

まあ、あまりにも奇怪な出来事すぎて感情すら追いついていない、というのが正しいのかもしれませんが。

私がぼんやり立ち尽くすばかりで何も答えない人形のように頑なに口を閉ざすので——いえ、答えられないものですから、聖職者様は同情の視線を向けてくださいました。

その後、私の側にいる、答えを出してくれそうなオーランドさんに視線を移して確認されました。

「はい。旦那様のご意向です。ご進行のほどよろしくお願いいたします」

私はオーランドさんの顔を改めて見ましたが、彼は澄《す》まし顔で平然とのたまいました。

オーランドさんはサルヴェール家の侍従長だけあって、貫禄のある落ち着いた初老の男性です。

髪色と同じくはしばみ色の目は、私と聖職者様の動揺をよそに冷たさすら感じるほど感情を見せずにいます。

「そ、そうですか。では」

そんなオーランドさんを目にされたからでしょうか。聖職者様はコホンと咳払いを一つして動揺から抜け出し、職務を全うしようとしております。そんなお姿に敬愛の念を抱くほどです。

「新郎レオナルド・サルヴェール、あなたはリゼット・クレージュを妻とし、健やかなる時も、病める時も、喜びの時も、悲しみの時も、共に分かち合い支え合い、その命ある限り真心を尽くすことを誓いますか？」

視線は虚《うつ》ろに宙を見ていらっしゃるけれど、最後まで乱れることなく言い切られたお姿は実に立派でございました。さあ皆の者よ、拍手喝采せよ。

心の中にのみ存在する招待客に言ってみると、拍手と共に歓声まで起こり、盛り上がりました。めでたしめでたし。

………さて。

虚しい逃避から戻って来たのはいいのですが、現実は厳しく、沈黙が続いている状態です。誓いの言葉はどうするのでしょうか。私が代わりにお答えするのでしょうか。

何も打ち合わせしていなかったのでただ黙って様子見していたら、オーランドさんが洗練された仕草で胸元から何やら取り出して広げました。

「旦那様から言付《ことづ》けをお預かりしております。『すべて誓う』――とのことです」

旦那様のものと思われる署名が入っている書面をこちらに見せるオーランドさんに、私と聖職者様は再び呆気に取られてしまいました。

ですが、悲しいことに徐々に慣れてきてしまった私たちは、立ち直るのも早くなります。

というか、そのような書面で済ませるぐらいならば、いっそ式すら挙げないほうが清々しかったのではないのでしょうか。あるいは花嫁に対するこの処遇は、サルヴェール家に入るための試練の一つとされているのでしょうか。だとしたら、私はそれに応えるしかないのでしょうね。

「それでは新婦リゼット・クレージュ」

「あ、はい。誓います」

気を取り直した聖職者様の声に、私は反射的に答えます。

旦那様が誓うと書面で示し、それを無効にできる権限が私にはない以上、当然、私が誓いませんと言うことはできないでしょう。

「あ、あなたは新郎レオナルド・サルヴェールを」

「はい誓います」

「お、夫とし」

「はい誓います」

言葉を遮って答える私に対して聖職者様は口元を引きつらせておられますが、内容は同じですし、繰り返して時間を引き延ばす必要も、この茶番劇を長引かせて傷を深くする自虐趣味もありません。

少しでも早く終わらせたかった私もまた、引きつった笑顔を聖職者様に見せました。

◇◇◇

「旦那様は大変忙しいお方なのです」

サルヴェール家の侍従長、オーランドさんはそうおっしゃいました。


そうでしょう。

旦那様は数年前に引退されたお父様に代わり、日々お仕事に奮闘されているそうなのですから。

侯爵位を引き継いだだけの若造が、と長年王家に仕える貴族の中には疎《うと》ましく思っている方々もいるのでしょう。祖先より引き継いだ権力ではなく、自分の力を周囲に見せて認めてもらう必要があるのだと思います。それは理解しております。

ですが。

ですが、実家とは桁違いの大きな浴室で湯浴みを終え、着たこともない上質で滑らかな寝衣に身を包み、サルヴェール侯爵家で私付きとされた侍女、アンヌさんに髪も丁寧にとかしてもらって、いざ夜に向けて緊張でガチガチになりながら、実家の倍はあろうかという大きなベッドにて待機していた私に向けるお言葉として、果たしてそれは正しいのでしょうか。

今いる寝室から繋がる扉は、廊下への扉と自分の居室への扉、そして旦那様の部屋に繋がる扉の計三カ所ありますが、どの扉もノック音はおろか、ぴくりと微振動する気配すらありません。

せめて本日、結婚式を欠席されたことへの謝罪、もしくは十歩、いや百歩譲って労《ねぎら》いのお言葉ぐらい頂いても罰は当たらないと思うのですが。

色んな感情と言葉を呑み込む私の横で、旦那様の帰宅時間を尋ねるためにオーランドさんを呼んでくれたアンヌさんは静かに控えています。

このサルヴェール家に仕える者の特徴なのでしょうか。仕事は早く的確なのですが、感情の起伏がほとんど見られません。オーランドさんもそうですし、もしやこの屋敷の採用条件の一つに『表情筋が死んだ者に限る』というのがあるのでしょうか。

失礼なことを考えてしまいます。

「ですが、結こ——昼間もお目にかかれませんでしたし、何とかご挨拶だけでもさせていただければと思います。いつお帰りになるのでしょうか。それまで起きてお待ちいたします」

オーランドさんは感情のこもっていない視線を私に向けます。

「リゼット様。旦那様は大変忙しいお方なのです。不規則のため、お帰りのお時間をお伝えすることはできかねます。どうかご理解くださいませ」

まるで駄々をこねる子供をたしなめるかのようにおっしゃるのですね。私はそんなに我儘《わがまま》なことを申しているのでしょうか。

しかし私も大人の女性です。ここに嫁いできたばかりの身で、新参者としての立場をわきまえています。

今はこの家の事情を何も知りませんし、旦那様が普段どのような生活を送っていらっしゃるのかも知りません。旦那様のことや家のことをよくご存じの侍従長さんが忙しい旦那様のことを理解しろとおっしゃっているのに、理解いたしかねますと言えるでしょうか。言えませんね。

私は小さく頷きます。

「……承知いたしました」

「ご理解いただき、ありがとうございます。それでは失礼させていただきます」

慇懃無礼な挨拶を残してオーランドさんは去り、同時にアンヌさんも「お休みなさいませ」と必要以上の言葉は残さず、しずしずと礼を取った後、退室しました。

初めてこの屋敷に足を踏み入れて不安を覚えている者に対して、お二人ともそっけないものです。

「明日にはお会いできるかしら。でも正直……」

正直、ほっとしました。一度しかお会いしていない方と本日、夜を共にしなければならないのかと思うと怖かったので。

旦那様が結婚の申し込みで我が子爵家へご来訪された時に一度だけお目にかかったことがありますが、茶色がかった金の髪色に、影を落とした湖畔のような青色の瞳の美しい方でした。――だったと思います。誰もが振り返るような美しい容姿だと前評判を伺っていましたが、想像以上に容姿端麗なお方で、恥ずかしくてほとんど視線を合わせることはできなかったのですから。

緊張と恥ずかしさで心が浮ついてしまって、その時お話しされていたこともほとんど記憶にないですが、低く淡々とした冷たい声だったと、今ならそんな気がします。

旦那様がお帰りになった後に、なぜ我が家にこのような光栄なお話が舞い込んできたのかと父に尋ねたところ、社交パーティーで私を見初めてくださったとのことでした。

美しく華やかに着飾った貴婦人が大勢いる社交場で、地味で目立たず、壁とお友達の私のような者をお見初めになるわけがないと思い、さらに詰め寄ってみますと、やはり真相は違ったようでした。

「レオナルド様は侯爵位であり、王家の方々も絶対な信頼を置くとても優秀なお方で、容姿もあの通り端麗で引く手数多《あまた》だ。だが、レオナルド様はまだ二十歳半ばとお若く、王家の周りにいる大臣の中には、位は高けれど身を固めぬ若輩者に大きな仕事を任せるわけにはいかぬ、と煙たがる頑固親父が多いんだ」

もちろんそこには、『生まれがたまたま侯爵家にすぎない七光りの若造が』という個人的な嫉妬も含まれるのでしょう。さらに眉目秀麗で女性からの人気が高いところも鼻につくのかもしれません。

「また一方で、自分の娘と結婚させようと媚びてくる者も頻繁にあると言う。そう言った煩わしさもあり、身を固める決意をなさったのだと思う。そこで嫁選びとなるわけだが」

私が真実をおっしゃってくださいと、じとりとした目つきで見つめるものだから、父は気まずそうに頬を掻いて先を続けました。

「社交場でまとわりついてくる着飾ったご令嬢はお美しくはあるが、気位が高く、少しでも蔑《ないがし》ろにするようなことがあれば、たちまち機嫌を損ねるであろうことは想像に難くない。レオナルド様はご自分が若輩者だと自覚なさっており、現在、人一倍精力的に動かれている大変お忙しい方だ。一番大事な今の時期に、妻のご機嫌取りで煩わされるようなことにはなりたくないと。……そういうわけだろう。だから、その」

そこで身分差に気が引けて高位のお貴族様方には一切近づかず、壁の花になっていた私に目をつけたということなのでしょう。つまり主人に文句一つ言わず、従順で大人しいお飾りの妻が欲しいということでしたか、なるほど。

「わたくしどもも、見返りとしてサルヴェール侯爵家からのご援助を頂くことができるのですね」

私の家にはまだ幼い弟や妹たちがいます。贅沢とは言わなくても、彼らがこれから先、苦労せずに伸び伸びと生きられるだけの環境を整えてあげたいと思います。

「そ、そうなんだ、うん。……お前一人に重荷を背負わせてしまってすまない。私が不甲斐ないばかりに」

「いいえ。お父様、違います。わたくしは自ら望んでサルヴェール家に嫁ぐのです」

「リゼット、ありがとう」

肩を落とすお父様に、私は胸を張って笑顔を向けました。

……と。

私も事前にそのようなお話は聞かされており、覚悟した上での結婚ではありましたが。

「それでも初日からこの扱いはあんまりだと思うのですが」

私は大きくため息をつきました。

◇◇◇

「旦那様は大変忙しいお方なのです」

サルヴェール家の侍従長、オーランドさんはそうおっしゃいました。

朝、慣れぬベッドで目覚めた後に視界に入った光景は、やはり見慣れぬ高い天井でした。

幸いにも意外と自分の神経は図太かったようで、慣れぬ高級ベッドで慣れぬ肌触りの良いシーツに包まれても眠れないということはなかったようです。むしろ旦那様不在の結婚式に気疲れした後、初夜を迎えることもなくホッとした気持ちもあったせいなのか、意識を失うようにすぐ眠った気がします。

状況を冷静に分析した私は、人の気配は感じられないながら寝返りを打って横を見てみました。思った通り、やはり見慣れぬ人物はそこにいませんでした。

シーツに手を置いてみたところ温もりはなく、乱れもなかったので、昨夜、旦那様はここでお休みではなかったのかもしれません。あるいは私が遅く起きすぎてしまったということも……

せめて朝食はご一緒できるかと侍女のアンヌさんがやって来る前に慌てて着替えて、昨日ご案内いただいていた食堂へと向かったわけですが、旦那様はすでにお食事は済ませて職場へと向かわれたようで、オーランドさんからはお決まりのお言葉を頂きました。

「そうでしたか。旦那様のお見送りもせず、大変失礼いたしました。明日からはもっと早く起床いたします」

朝は弱いですが頑張りたいと思います。

「いいえ。旦那様はいつも朝がお早いので、リゼット様はごゆっくりお休みいただいて構いません」

旦那様が朝早くお出かけになり、夜遅くお戻りになるのに、そんな旦那様を支えるべき妻が朝も夜も呑気にグーグー寝ているのはいかがなものでしょうか。ですが、私がこの家に入ったことで、これまでの旦那様の生活習慣に乱れが生じてしまうことも懸念されます。しばらくは様子を見ることにして、ここは大人しく引くことにしましょう。

「それでは、これからのわたくしの役割や家のしきたり、こちらに頻繁にいらっしゃるお客様の芳名などをご教示いただけないでしょうか」

実際のところ、お名前だけでは来訪された時、お顔とすぐに一致はしないでしょうが、どんな身分の方なのか、どんなご職業の方なのか、旦那様とのご関係はどれほどの深さなのかなど、頭に入れておくことがたくさんあるでしょう。

しきたりも家それぞれです。我が子爵家では気楽にやっていたことも、この格式ある侯爵家では許されないということも多々あるかと思います。それらを学ばなければ。

「いいえ。必要ございません。旦那様からはリゼット様にご無理をさせぬよう言付《ことづ》かっております」

「ご、ご無理、ですか?」

政略結婚とは言えこの屋敷に足を踏み入れた以上、旦那様が不在の時には女主人として務めを果たすものだと自覚しておりますし、侯爵家という高位貴族の一員となる覚悟も少しは持っております。それなのに必要ないとは、一体どういうことでしょうか。

ただ、私も馬鹿ではありません。

好意的な気持ちで甘やかしてくれているわけではないことだけは分かります。さすがにここは引くわけには参りません。

それともサルヴェール侯爵家では女主人としてまずやるべき重要な他のお仕事があるというのでしょうか。

「ではわたくしは何をすればよろしいのでしょうか」

「ご案内いたします」

なるほど。やはり私がサルヴェール侯爵家の女主人としてすべき重要なことが他にあったようです。

気が急《せ》いていた自分を反省しながら、先導してくださるオーランドさんの後ろをついていくと、一つの部屋に到着しました。

昨日はこのお部屋の説明はなかったはず。

何のお部屋だろうと首を傾げていると、彼はおもむろに扉を開けました。

「こちらは……一体？」

リネン室かと思われたそこには、ひと目で高級と分かる素材の生地や毛糸などが雑然と山積みされています。他にも木箱が複数、棚に置かれているのが見えます。

もしやこれを整理整頓しろということでしょうか。与えられた仕事に文句を言うつもりはありませんが、女主人がすることではないような気がします。

「旦那様がご用意した生地と裁縫道具です。ご自由にお使いください」

「ご自由にお使いくださいとは、一体どういうことでしょうか」

もちろん言葉の意味は分かりますが、意図が分からず、戸惑いを隠せないまま尋ねます。

「手芸がご趣味だとお聞きした旦那様が、リゼット様のためにとご用意くださいました。お好きなだけお使いいただいて構いません。何か足りないものがあれば、私に言ってくださればご用意いたします」

今度こそ言葉を失ってしまいました。

確かに手芸は嗜《たしな》みます。はっきり言って好きです。得意です。

とはいえ、それは貴族の娘が花嫁修業の一環としておこなうものであり、妻となり女主人となった者が、手芸だけをして一日を過ごしていい、というものではないはず。

つまり旦那様がおっしゃるには、私は女主人としての仕事は何一つしてくれなくていい、むしろ何もしてくれるな、ただ黙って手芸をしていろ……と、そういうことなのですね。

今、私が女主人としての仕事をさせてほしいとオーランドさんに頼んだところで、旦那様の忠実な侍従である彼は私に何もさせてくれないでしょう。

「……ありがとうございます。承知いたしました」

旦那様と顔を合わせてお話をしなければ。

私はぐっと手を握りました。

◇◇◇

「旦那様は大変忙しいお方なのです」

サルヴェール家の侍従長、オーランドさんはそうおっしゃいました。

手芸用品を揃えてくださった旦那様にお礼を伝えたい、とオーランドさんに言った時のことです。夕食の時間がやってきて、食事を開始するよう促されたため今日も一人で済ませましたが、さすがに今日は旦那様とお話しできる時間はあるのではないでしょうか。

しかしオーランドさんの返答は、相変わらず同じ言葉を繰り返すのみです。

旦那様は屋敷にお戻りになってはいるようなので、会う時間を作ろうと思えば作れるはずです。私はそれを望んでいますし、オーランドさんもその旨を伝えてくださっているはずです。……伝えていないかもしれませんが。

それなのにその時間さえ割こうとしないのは、酷くお疲れだからでしょうか。

――いいえ。きっとお飾りの妻に愛嬌を振りまく必要はない、会う必要はない。何より会いたくないというお考えでいらっしゃるのでしょう。

妻に時間と物だけ与えていれば大人しくするだろう、とお考えの旦那様。お決まりの言葉を繰り返し、与えられた仕事を淡々とこなすだけの使用人たち。

外側のみ綺麗に整えられているだけの温もりが感じられない、この家そのもののようでした。

◇◇◇

「旦那様は大変忙しいお方なのです」

サルヴェール家の侍従長、オーランドさんはそうおっしゃいました。


私はため息をつくと、こめかみを指でマッサージします。

サルヴェール家に妻としてやって来て四日目となりますが、いまだに旦那様とお会いできておりません。私のしていることと言えば、ただ黙って手芸で時間を潰すのみです。

あれほど好きだったのに、時間を潰すためだけの趣味はもはや趣味ではなく、苦痛すら感じ始めています。

外に出ることは禁じられてはいませんが、まるで部屋に一人閉じ込められている気分です。


「お茶はいかがでしょうか、リゼット様」

「ありがとうございます。頂きます」

刺繍《ししゅう》していた手を止めてお茶を頂くことにしました。

相変わらず感情の色がないアンヌさんですが、よくよく観察していると気遣いが端々《はしばし》に窺《うかが》われ、決して無感情というわけでも、義務的に嫌々やっているわけでもないのだと感じます。

……読み違えている可能性も否定できませんが、とりあえず自分の見る目を信じて、少し会話に挑戦してみたいと思います。

「アンヌさん。少しお尋ねしたいことがあります」

「はい」

立ったままでは何ですからお座りになってくださいとお伝えしたのですが、アンヌさんに頑なに断られてしまいました。

実家では使用人の方々とお茶を一緒にすることも頻繁にありましたが、このサルヴェール家ではその辺りの線引きは厳しいのかもしれません。オーランドさんなど、いかにも厳しそうですものね。女主人としての命令よ、などと言えるほどの自信も当然ありませんので、私は彼女を見上げながら尋ねることにしました。

「旦那様のことですが。もしかして旦那様は未確認生物なのでしょうか」

「…………は」

淡々と仕事に徹していたアンヌさんのお顔は、さらに無表情になってしまいました。

「え、あの。何と」

「未確認生物です。もし目撃したら三日以内に幸せをもたらすと伝承される精霊とか、目撃例があるのに誰も捕まえたことがない賞金がかかっている幻の生物などのことです」

――ブホッ。

「今、笑いました?」

「イエ」

目元は変わりありませんが、口元が歪んで噴き出したように見えました。しかしアンヌさんは首を振って否定します。

そうですかと私はお茶を一口頂きました。

「とても美味しいわ。アンヌさんはお茶を淹《い》れるのがお上手なのですね。こう言っては失礼だけれど、食事の時に出されるお茶よりも美味しい気がします」

普段の食事は慣れぬ場所で、しかも侍女さんたちに自分の一挙一動を見張られているかのような状態で食べているから、余計そのように感じるのかもしれないです。とても息苦しいですし、お料理はもちろん口にしたこともないような豪華さで美味しいのですが、せっかくの美味しさが感じられません。

一人が寂しくて里心がついているせいかもしれませんが、豪華ではなくても家族皆でテーブルを囲んで食事をするほうが数段美味しかったように思います。

このお茶は彼女が私のためだけに淹《い》れてくれているからなのか、思いを込めてくれているからなのか、側にいてくれるからなのか分かりませんが、とても美味しく感じられます。

「……ありがとうございます」

本心をお伝えしただけでそれ以外の意図はなかったのだけれど、彼女は少し微笑んでくださいました。

その笑顔で私も気持ちがほぐれます。

「アンヌさんはサルヴェール家にお仕えになって何年になりますか？」

「六年になります」

アンヌさんはくっきりとした黒い目を持ち、真っすぐの黒髪を顎までの長さで揃えた綺麗な方です。さらにお尋ねすると、私よりも二つ上の二十一歳とのことです。

容貌と同じく、とても落ち着いた方ですね。私もあと二年も経てばこのように落ち着くのでしょうか。あるいはこのサルヴェール家の空気に感化されてしまうのでしょうか。

だとしたら……すみません。素直に嫌だなと思います。

「アンヌさんは旦那様のお顔をご覧になったことがありますか？」

六年もいらっしゃれば当然あるでしょうが、思わずそんな尋ね方をしてしまいました。

「はい。ありますが、私ども使用人の間でも……」

「何でしょうか。何でもおっしゃって」

アンヌさんがはっと表情を変えて途中で話を止めるので、私は身を乗り出して促しました。彼女たちの本音を聞きたいのです。

彼女は一瞬ためらった後、口を開きました。

「私ども使用人の間でも旦那様をお見かけした人間は少なく、目撃した日にはラッキーなことが起こるというジンクスを流行《はや》らせています」

「まあ！　そうなのですね。やはり旦那様は珍獣だったのですね」

六年勤める彼女ですらほとんど会えていないのだから、三日しか経っていない私が会えるはずはないのだと納得したわけですが、彼女はまたブホッと噴き出します。

ただ、今度は隠しきれないと感じたようで、失礼いたしましたと謝罪されました。

それにしても流行《はや》らせているだなんて。

お澄《す》まし顔の侍女さんばかりだと思っていましたが、実は遊び心がある方々なのでしょうか。

「いいえ。わたくしが変なことを申したものですから。――あ。お詫びと言っては何ですが、よろしければわたくしが刺繍《ししゅう》したハンカチをもらってくださいませんか。お好きな柄をお取りください。素人が作ったものですが」

私はここ三日間で仕上げた刺繍《ししゅう》入りのハンカチを並べます。

数にして二、三十枚はあるかと思います。花柄が一般的ですが、果物や、鳥などの動物を刺繍《ししゅう》しているものもあります。

「え……。いえ、とても素敵です」

アンヌさんは戸惑った表情を浮かべます。

「ですが、これらは旦那様がご用意された高級品では」

「ええ。生地や糸などの材料は確かにそうですが、わたくしに、と用意してくださったものですから、それをどう扱おうとわたくしの自由のはずです。それこそ捨てようが、燃やそうが気になさらないと思います。いえ、お気付きにすらならないでしょう」

私の言葉にアンヌさんは驚いた表情をしました。

あまりにもきっぱり言いすぎたでしょうか。ですが、これからここでお世話になるのです。素の自分を見ていただきたいと思います。

ですからどうぞ、と私は笑顔を向けました。

「あり、がとうございます。ではこれを」

彼女は遠慮がちに黄色いミモザの花が刺繍《ししゅう》されたハンカチを取りました。

「一枚だけですか？　もっと持って行ってくださって構いませんよ。あってもチェストの奥に仕舞われるだけですから」

「いえ、そんな。――あ、では、他の侍女にも声をかけてよろしいでしょうか。皆、喜ぶと思います」

「喜ぶ？　本当ですか？」

皆さんの表情が笑顔に変わるのならば、見たいです。

「ぜひ皆さんをお呼びください！」

それでは侍女を呼びに行きます、とアンヌさんが部屋を出たので、私は早速作った刺繍《ししゅう》ハンカチを一枚一枚大きなテーブルに並べて準備しておくことにしました。

作った枚数は多く、テーブルの美しい木目をあっという間に覆い尽くします。

皆さん、喜んでくださると嬉しいのですが。

この屋敷に来て初めてワクワクした良い意味での緊張感が生まれます。

――コンコンッ。

「ど、どうぞ」

「失礼いたします」

ノック音とアンヌさんの声に少々震えた声で応答すると、扉がゆっくりと開かれました。

アンヌさんを含め、侍女さんは全部で九人いらっしゃったようです。他にも庭師の奥様がお屋敷にいらっしゃるということなので、呼んでいただきました。

侍女さんの中にはまだ経験が浅く、旦那様や私のお部屋に入ることを許されていない若い方もいらして、おそるおそるお部屋に入る方もいますが、熟練の方でも皆さん、表情が硬いです。それでも集まってくださったということはご興味があるからなのでしょう。

「ようこそいらっしゃいました。どうぞこちらへ」

私も緊張しておりますが気持ちを奮い立たせて、ハンカチで覆いつくしたテーブルへ皆さんを笑顔で誘導しました。

皆さんが沈黙のまま、ぐるりとテーブルを囲み、吟味されるお姿はなかなか迫力があります。しかし息を呑む音まで聞こえてしまいそうなくらい部屋はしんと静まり返っているので、ぐっとこらえます。

もしかして気に入るハンカチがないのでしょうか。下手……ではないと信じたいのですが。

それでも誰一人動かず沈黙が続くと、段々自信がなくなってきてしまい、助けを乞うごとくとっさにアンヌさんを見ましたが、彼女は笑顔で頷きます。

私のほうから皆さんへ声をかけなければならないのだと悟りました。きゅっと握った拳を開いて、手でハンカチを指して口を開きます。

「あ、あの。よろしければお好きなものをお好きなだけお取りください。素人が作った拙《つたな》いものですが」

しかし声をかけても誰一人動こうとはせず、これ以上どういったお声がけをしたらいいのだろうと困惑しそうになっていたところ。

「奥様、ありがとうございます。とても素敵なハンカチばかりで選ぶのは難しいですが、私はこれを頂きましょうかねぇ」

年配の庭師の奥様が、穏やかな笑顔で先陣を切って手を伸ばしてくださいました。そしてそれが合図かのように、一斉に皆がハンカチへと手を伸ばしました。

同時に、ついさっきまで沈黙が続いていた部屋の中でわっと声が上がります。

「じゃあ、私はこれを！」

「ちょっ、待ちなさい！　それ私が狙っていたのよ！　私のほうが先輩でしょ。遠慮しなさいよ」

「知りませんよ。こんなの早い者勝ちですよ！」

と、一枚のハンカチを巡って小競り合いを始めるお二人。

「……これにしよう」

「果物の刺繍《ししゅう》が可愛い。私はこれがいいな」

「この花が綺麗！　あ、でもこっちの小鳥もいい！　あぁぁっ!?　こ、このウサギも可愛い！」

狙いを定めて静かに取った方。手に取って穏やかに微笑む方、いろいろ目移りして悩む方。

「何と細かな刺繍《ししゅう》。素晴らしい技量ですね」

「売れますよこれ！　絶対売れる！」

じっくり見つめて褒めてくださる方、目をキラキラさせる方など、場が盛り上がりを見せて私は嬉しくなります。久しぶりに人の明るい声を聞いた気がして、胸が熱くなりました。

そんな中で、威厳ある侍女長さんがパンパンと手を叩くと、一気に場が引き締まりました。

「はい。皆、騒がない。はしたないでしょう。もっと静かに落ち着いて選びなさい。奥様のお部屋ですよ」

「侍女長、何ですよー。ご自分はもう頂いているからって余裕めいちゃって！」

侍女長さんのたしなめる声に一人の侍女さんがからかいの声を上げると、ごほんと咳払いなさいました。

「あ、本当。侍女長のそれ、一番凝《こ》ったものですね」

「ええ。私は狙いを定めて静かに、かつ速やかに頂きました」

少し得意げな侍女長さんに私はとうとう噴き出してしまいました。

「失礼いたしました」

「いいえ。わたくしこそ笑ってしまって申し訳ありません。でも、とても嬉しかったのです。いつもは皆さん、澄《す》まし顔の方ばかりだったので、こんなに感情豊かな方々だったのだと分かりとても嬉しく、心から安心しました」

私がそう申しますと、皆さん、もじもじと照れたようなご様子で、また良いほうに印象が変わってきます。アンヌさんのおかげですね。

「アンヌさん、皆さんを連れてきてくださってありがとうございます」

お礼を申しますと、アンヌさんはこちらこそと優しげに微笑んでくださいました。さっきよりももっと自然な笑顔のように思います。

彼女は、サルヴェール侯爵の妻として屋敷に足を踏み入れた私に対してどのように接すればよいのかと、慎重に距離を取って見守っていたのかもしれません。

「あ、あの。リゼット様は刺繍《ししゅう》がお得意なのですね。とても上品で綺麗ですので」

おずおずと話しかけてくださる方は、先輩侍女さんからハンカチを勝ち取ったレイナさんとおっしゃる方だそうです。先ほどのご様子を見るに、快活そうな方ですね。

「お褒めいただいて誠にありがとうございます。とても嬉しいお言葉です。刺繍《ししゅう》だけでなく、レース編みなどの手芸もとても好きなのですが、この頃は苦痛になってきていたところだったのです」

「え？」

私は思わず本音をもらしながら肩をすくめます。

「誰かにお贈りするわけでもなく、ご披露するわけでもなく、ただ一日という時間を潰すためだけに旦那様から素材と道具を渡されたものですから」

うっかりすると嫌いになるところでした。それぐらい誰とも話をせずに、ただ旦那様の指示通り、一人で刺繍《ししゅう》を続けていたのです。しかしよく考えれば私自身も行動を起こそうとせず、勝手に侍女さんたちのイメージを作り上げて、壁を作っていたのかもしれません。

「……リゼット様」

声をかけられてはっとし、皆、沈痛な面持ちで私を見つめていることに気付きました。

心に寄り添ってくれる優しい方ばかりなのでしょう。結婚式の事情も含め、私が今置かれている状況をご存じの皆さんに、なお心配をかけるような余計なことを言ってしまった、と少し後悔しました。

「申し訳ありません。せっかく盛り上がっておりましたのに、湿っぽくなってしまいましたね。ですから皆さん、お好きなだけお取りくださいな。もらっていただけることがわたくしの喜びですので。それと実はテーブルに並べきれなかったハンカチもあるのです。ぜひそちらもご覧になっていただきたいです」

「そうなのですか？　では早速並べましょう」

目をきらりと光らせた（ような）侍女長さんがてきぱきと指示なさるものですから、私はまた笑ってしまいました。

◇◇◇

「旦那様はたい――」

サルヴェール家の侍従長、オーランドさんはそうおっしゃいかけました。

サルヴェール家に入り、十日目の朝のことです。

旦那様は、食事はいつもご自分のお部屋で取られているようで、ご一緒したことはありません。もしかしたら、夜もご自分の居室でお休みになっているのかもしれません。寝室では人の気配を感じたことすらないのですから。

ですが今日こそはと朝が苦手な私が頑張って頑張って早く起き、せめて旦那様をお見送りしようとしたところで、大きな玄関扉がオーランドさんによってバタンと閉じられてしまいました。

私が見えたのは旦那様の後ろ姿だけ。お声をかけることすらできませんでした。

茫然《ぼうぜん》と立つ私に、オーランドさんはいつもと変わらぬ表情で淡々といつもの言葉をかけてこようとなさったので、私は繰り返されてすっかり聞き慣れてしまったその言葉を自分で続けます。

「――大変忙しいお方なのです」

「……そうです」

オーランドさんと同じく感情なく淡々と言った私の口調に少しびっくりなさったご様子でしたが、彼は頷きました。

「旦那様は大変忙しいお方なのですね」

「はい」

「大変忙しい。会ってくださらないほど、朝のご挨拶もさせていただけないほど」

お飾りの妻に会う時間はないと。会う意味はないと。多少の愛嬌すら振りまく必要もないと。

「……はい？」

「そう、ですか」

――――ブチッ。

はい。いいかげん堪忍袋の鎖がブチ切れました。そちらがその気なら、こちらにだって考えがあります。

会いたくない。私に会いに来られることも煩わしい。そうですか。

そちらが会いたくないとお考えならば、会いたくなるようにさせるまでのこと。

――さあ、腕が鳴りますよ！

私は手を組んでパキパキと指を鳴らします。

「あ、あの。リゼット様？」

「はい。何でしょうか」

目が据わっているであろう笑顔でオーランドさんを見つめると、彼は目を瞠《みは》りました。

「い、いえ。失礼いたしました」

「そうですか。ではわたくしはこれで」

踵《きびす》を返して自分の部屋に戻ると、清掃してくれていたアンヌさんに相談を持ちかけます。

「ねえ。アンヌさん。実は協力していただきたいことがあるのですが」

かねてから密かに考えていた案を耳打ちすると彼女は一瞬目を大きく見開き、にぃっと唇を横に引いて頷きました。


「旦那様は大変忙しいお方なのでしたよね。では、先にお部屋に下がらせていただきますね」

夕食を済ませた後、オーランドさんに私はそう申しました。

これまでできるだけ遅くまでサロンで旦那様をお待ちしていましたが、自分の部屋に戻ることにします。ここでどれだけ待ったところで、私に会いに足を運ぶことはないのでしょうから。

昼間から聞き分けが良くなった私に不気味さを感じたのでしょうか。少し片眉を上げられましたが、彼は問いただすこともなく、お休みなさいませと頭を下げました。

「お休みなさい」

挨拶を残して部屋に戻ってゆっくりと湯浴みした後、アンヌさんに丁寧に髪をとかしていただきます。

「アンヌさん、果たして罠にかかるでしょうか」

「そうですね。今日、巣に戻ってくるのならば、かかる可能性は高いかと」

「罠にかかりましたらお呼びいたしますね。調理には人手が必要ですから」

「はい。ぜひ」

アンヌさんは笑顔で頷き、私の就寝の準備を整え退室しました。

気持ちが昂《たかぶ》ってまだ眠くなっていない私はと言いますと、本日、旦那様のお部屋に初めて入ったことを改めて思い返します。

旦那様のお部屋が私に与えられた部屋よりも広いというのは予想していましたが、そこは書斎を兼ねた居室、つまり今私がいる寝室とは別の、旦那様用の寝室が隣接しているお部屋でした。

実家の両親は、一つの寝室を共有していましたから、完全に予想外でした。

遅くにお帰りになるのであれば、いえ、遅くお帰りにならなくても、愛してもいない、顔も見たくない名目だけの妻の寝室ではなく、ご自分の寝室でお休みになるのは当然のことですよね。道理で私の寝室には常に人の気配がなかったわけです。

……それにしても本日は不猟でしょうか。

あるいはこれが失敗だとしたら、明日以降を考え直す必要があると考えていた――その時です。

「どういうことだ。あれは君の仕わ――」

廊下側の扉がノックもなしにいきなり開かれました。その人物を見た私は深く息を吸うと……

「きゃあああぁぁっ⁉」

お腹の底から思いっきり叫びました。

すると耳をつんざくような私の悲鳴に、屋敷の者たちが大きな足音と共に駆けつけてきました。

その中には珍しく焦りを見せるオーランドさんや、顔色の変わらない侍女長さん、興味深そうに部屋を覗き込んでいる侍女さんたちの姿もあります。

「何事ですか、奥様！」

「あ、アンヌさん！　大変です！　知らない人が部屋に！」

シーツを引き寄せてベッドの端で身を小さくする私に、アンヌさんは扉の入り口に立つ男性の横をすり抜け、一目散に駆け寄ってきて肩を抱いてくれました。何と心強いことでしょう。

「アンヌさん、あの方」

私が指さす人物を見て、アンヌさんはゆっくりと頷きます。

「奥様。落ち着いてくださいませ。あのお方はこの屋敷の主、レオナルド・サルヴェール侯爵。つまり奥様、あなた様の旦那様です」

「……あら？　ま、まあ！」

口に手を当てて、扉の近くに立つ男性に視線を向けました。

「レオナルド・サルヴェール侯爵、なのですか？　それは失礼いたしました。あなた様が旦那様だっ

た…………のでしょうか？」

「なっ⁉　侵入者呼ばわりしただけでなく、主人の顔も知らないと言うのか」

誰もが認める容姿端麗なお方ですから、ご自分の顔は一度見たら忘れられない顔だと自負されていたとしても何ら不思議ではありません。ですから私は屈辱的に顔を歪めている旦那様に謝罪申し上げることにいたします。社会的マナーを遵守するために為さねばならないことですからね。

私はベッドから下りて床に足をつけます。

「申し訳ありませんでした。結婚前に一度しかお会いしておりませんので、あまり記憶にございませんの。こちらに来てからは一度もお目にかかっておりませんでしたし」

「そん――」

「改めてご挨拶させていただきます。二度目まして、旦那様。手芸を趣味とするリゼット・クレージュ、いえ、リゼット・サルヴェールと申します。以後、お見知りおきを――させていただきますわね」

私は寝衣の裾を広げてカーテシーを取り、呆気に取られる旦那様ににっこりと笑みを向けました。

◆◆◆

「ニコラス、これも頼む」

私は部下の机に書類を置いた。

ドスンと重そうな音が響く量だった気がしたが、気にしないことが一番だ。

「ちょっとレオナルド様！　まさかいつものごとく今日中ですか!?」

「ああ」

　いつものごとくと分かっているくせに、なぜ尋ねるのだろうかと思う。まあ、文句の一つも言わないと気が済まないのだろうが。

「勘弁してくださいよ。俺、ひと月前に結婚したばかりなんですよ。新婚なんスよぉ……」

　机の上に山積みされた書類を眺めて、部下のニコラス・アッカーソンは頭を抱えて嘆いた。

　普段は明るい彼が「赤みの強い自分の髪は嫌いです」と自嘲していたことがあったなと思い出す。髪の色も生まれも、本人の努力による結果の能力値に何の影響もしないというのに。しかし周りと比べて自分が上だと優劣をつけたがる人間や環境がそうさせるのだろう。自分も含め、人間とは愚かな生き物だ。

「いつもこんなに遅いのですか、お疲れさまですと眉を上げて笑うんですよ、うちの妻は！」

「ほぉ。良い嫁をもらったな」

「怒っているんですよ！」

　横で何やらニコラスが吠えているが、自分の広い机の上にも堆《うずたか》く積まれた書類の山がある。手早く書類を片付けていこう。

「そうか。それはご苦労なことだ。ならばさっさとペンを動かすんだな」

「そうじゃなくて！　仕事量をもっと減らしてくださいってお話ですよ。一日にやるべき量の三、四倍くらいはやっていますよ。特にレオナルド様は侯爵ですよ？　これはもっと下の者がやる仕事でしょう」

彼は抗議しながらもペンを動かす。

文句を言いながらとは、なかなか器用な男である。だからこそ採用したというところもあるが。

「侯爵とは言え、若手はそれぐらいやらないと、頭の凝《こ》り固まった老害どもは認めない」

そんなやつらに認めてもらわなくても結構と頭の片隅では思うが、自分の功績によって発言力が変わってくる。だから功績を挙げる必要がある。

「まぁ、父君から侯爵位を引き継いだだけの親の七光りだという自覚がレオナルド様にはあるから、っていうのは分かりますけどねー」

「お前な……。はっきり言うな」

さすがの私もペンを止めて顔を上げ、ニコラスを睨《にら》むように目を細めて見つめた。

「はっきり言う俺だから、直属の部下として俺を選んだんでしょ」

「まあ、そうだが」

ニコラスは切れ味が鋭すぎるきらいがあるが、裏表や下心があり身分が上の者に媚びるような人間よりは、ズバズバものを言う人間のほうが気を遣わなくていい。

そういう彼のような者だけを私の部下として選んだ結果、執務室は広さに反して自分とニコラスの二人だけの部屋となっている。

私はそろそろ伸びてきた前髪を掻き上げると、また書類に目を落とした。

「結婚の話だが、女性を選ぶお前の慧眼《けいがん》が足りなかっただけの話だろう。もっと主人と家に従順な扱いやすい女性を選ぶべきだった」

「何言っているんですか。そんな女性がいるわけないでしょ！　女性の心は複雑怪奇なんですから！　特に家庭に入ると女性は変わるものです。結婚をしたことがないレオナルド様が言ったって説得力皆無っすよ」

鼻息荒く力説するニコラスを一瞥《いちべつ》すると、馬鹿にするためにわざと大きくため息をつく。

「だが私はそういう女性を見つけて選んだ」

「……はい？　選んだ、とは？」

「つい先日結婚した」

「はあ⁉　レオナルド様、結婚したんですか⁉　い、いつ、いつ結婚したんですか⁉」

ニコラスはとうとうペンを置いて前のめりに尋ねてくるが、なぜ人のことなのにそんなに気になるのか。人に興味を持てる人間を不思議に思う。

「五日、いや六日前だったか？　もっと前か。まあ、多分それぐらいだ」

「酷い！　俺、結婚式に呼ばれていませんよ！　一番の部下を結婚式に呼ばない上司ってどうなんですか⁉　こんなにもレオナルド様に尽くしているのに」

抗議するニコラスだが、私は気にもせず書類にペンを走らせる。

「人を呼ぶわけがない。あくまでも当人だけの略式のものだ。第一、当日は私も出席していなかったぐらいだからな」

「…………は？　今、何と？」

ニコラスは一瞬ぽかんとした後、聞いてきたので面倒だが一応答えてやる。

「私も結婚式には出席していないと」

「出席していない……？　レオナルド様ご本人も？」

「ああ」

「ええと。じゃあ、どうやって結婚式を挙げたんですか」

「侍従長に言付《ことづ》けを頼んでおいた。――これ、間違っているな。後で担当に戻しておいてくれ」

訂正が必要な書類を机の端に置く。

あそこの部署は一体どうなっている。毎回毎回、訂正箇所が多すぎだぞ。こんな風に他人が信用ならないから自分でやったほうがましだと思うんだ。一度人材を見直すべきかもしれない。

余計な仕事を増やされて、我知らずため息がもれ出てしまう。

「言付《ことづ》けって何ですか？」

「え？　ああ、誓いの言葉というのがあるだろう。すべて誓うと私の署名が入った書面を彼に渡しておいた」

「――ちょっと⁉」

ニコラスは何が我慢ならなかったのか、机をバンと叩いてついに立ち上がった。

「何ですか、それ！　相手の方は、奥様はご納得されているんですか？」

「さあ。結婚前に一度会ったきりだから知らん。だが侍従長がうまくやっているだろう」

「レオナルド様、最低っスね！」

「は？」

仮にも上司に向かって最低とは、さすがに聞き捨てならないな。

ペンを止めて片眉を上げる。

「別に挙式なんて自己満足だろう。なくてもいいぐらいだ。私に嫁がなければ、一生袖を通すことができないだろう高級なドレスを着せてやったんだ。それだけでも感謝してくれていいはずだ」

「確かに話し合いをした上でお互いの考え方によっては、式自体はなくてもいいかもしれません。だけど当日になって花婿が欠席とか、そんな仕打ちをしなくてもいいじゃないですか！　しかも結婚前に一度会ったきりって何ですか！　結婚後、謝罪もしなけりゃ、顔も合わせていないってことですか⁉」

人のことなのに熱い、いや、暑苦しいやつだな。

「直前になって王太子殿下から呼び出しがあったんだ。それにこの通り、今も忙しい。妻に構っている暇などない。仕方がないだろう」

結婚式と殿下の用件、どちらを選ぶかと言えば、当然、重要な後者だ。むしろ前者など考えるまでもない。

「殿下にご相談して時間をずらしていただくとか、それでなくても式を延期するとかいくらでも方法はあったでしょう。花嫁の胸の内を考えると心が痛まないんですか！　レオナルド様、天罰が下りますよ！」

「心配するな。私は教会に多額の寄付金を納めて天に富を積んでいる。免罪されるさ」

私はペンを指に挟んだまま空へと手を向ける。

「――くっ！　い、言っておきますが、女性っていうのは悪魔よりも残酷で、天罰よりもさらに恐ろしいんですよ！　女性を舐めたら痛い目に遭いますから、覚悟しておくんですね！」

びしりと指さすニコラスに対し、私は分かった分かったと眉をひそめて手で払った。


「お帰りなさいませ、旦那様」

「ああ」

「先にお食事になさいますか」

「そうだな」

職場も帰宅後も毎日同じ、無味乾燥な生活の繰り返しだ。しかし、たとえ面白味に欠けていたとしても、良いことも悪いことも起こらない平凡な日々こそが、何よりも人が安心して過ごせる日常ではないだろうかと思う。

今日もオーランドからいつもと同じことを尋ねられ、私もまたいつもと同じことを答える。だが、結婚後はそれに一つだけ言葉が加わることになった。

「彼女は？」

服と鞄を受け取った彼に軽く視線を流して尋ねる。

「お食事を終えられて、本日はもうお部屋に戻られました」

「今日は早いようだな」

いつもより早く切り上げて帰ってきた今日なら、彼女はまだサロンにいるかと予想していたが。

私はオーランドからの返事を待たずに視線を外すと、歩を進めて部屋へと向かった。

「リゼット様は旦那様のお立場をご理解……されたようで」

「そうか」

これまでは、遅くまで私の帰りをサロンで待っていたと言うが、ようやく私に何かを期待するのは諦めたらしい。

もともとは互いの利害が一致した政略結婚だ。彼女とて貴族の娘として家名を汚す行為を慎み、結婚して夫と家を支え、次代を成すという果たすべき役割があるというのは理解してはいるのだろう。

とは言え、この生活が一生続くとも続けようとも思ってはいない。

私も貴族として領地の秩序を守り、領民の生活を守り、同時に何代にもわたって継承されているサルヴェール侯爵家の血筋を守るという役割と責務を果たすつもりである。多忙ゆえに当人だけの結婚式を行った、と王家にも報告しているし、これから私の結婚についても周知される予定だ。

何より、近いうちに彼女を公の場で顔見せさせなければならないだろう。中には私が結婚したことに疑いの目を向ける人間もいるからな。結婚相手にと、派手に着飾り強い香りをまとった娘を押しつけようとすり寄る厄介な連中から解放されると思うと清々する。

……しかし。

思わず口に笑みが浮かぶ。

ニコラスは女性が複雑怪奇だの、悪魔よりも残酷だの、天罰より恐ろしいだの、散々私に警告をしていたが、何のことはない。たわいもなかったな。やはり私の慧眼《けいがん》が優れていたということだろう。まあ、私には優秀な侍従長がいるというのもあるのだろうが。

片付けるべき問題が一つ解決したところで、肩の荷が少し軽くなった気がする。

さて。ゆっくりと食事に入るとするか。

まずは着替えだと思って自室の扉を開けたが――

「――な、んだ。これは」

「旦那様、どうされ――っ⁉」

あまりにも大きく変貌を遂げた自室の様相に、愕然として目を瞠《みは》った。

私の後ろでいつも冷静なオーランドが言葉を失っているが、私も言葉が続かない。

今朝、自室を出た時までは確かに一流品で揃えた調度品が配置され、優しい生成《きな》り色を基調とした統一感のある部屋だった。限りある時間の中で一つでも多くの仕事をこなすために華美な装飾を一切排除し、目の前のことに集中できるような内装にしていたはずなのに。

それがどうだ。

木目調が美しかった仕事机は薔薇色のクロスが敷かれ、仕事机に合わせた椅子には座り心地の悪そうな不均一に膨らんだクッションが、座面から滑り落ちないよう背柱に赤いリボンで結び付けられて置かれている。

休息を取るためのソファーは薔薇がふんだんに刺繍《ししゅう》された布で覆われ、朝日の優しい光が入る窓には主張が激しい大きな紅色の房飾り付きのカーテンが、身なりを整える鏡にはビラビラとしたレースで縁取《ふちど》られたカバーが掛けられている。

棚の取っ手にもひだを多くとったレースが巻き付けられていて、つかめば触覚にもその存在を訴えかけてくるだろう。

とにもかくにも、部屋のありとあらゆる所に薄紅色から薔薇色といった色の装飾が施されていた。品格のある落ち着いた元の部屋は今や見る影もない。胸焼けを起こしそうな甘ったるい色が満ちあふれていて、どこに視線を逃がしても目を休ませてくれない不快な部屋へと変わってしまっている。

「こ、これは一体」

愕然としていたが、オーランドの声ではっと我に返った。

どうやら彼も把握できていなかったことらしい。

「私の部屋の管理は侍女長だったな。彼女を呼べ」

「か、かしこまりました」

慌てて踵《きびす》を返した彼は、侍女長を急ぎ呼びに行く。

サルヴェール家の屋敷は広いと言っても、王宮と比べれば取るに足りない大きさだ。侍女長一人やって来るのに、なぜこんなに時間がかかるのか。大して時間が経っていないのは分かっているが、いつもより侍女長の反応の鈍さが気になってしまう。

この状況の訳の分からなさが自分を苛立たせているから余計だろう。

「お待たせいたしました。お呼びですか、旦那様」

ようやくオーランドが侍女長を連れて戻ってきたが、彼女はいつものごとく淡々と用件を尋ねるのみだ。呼び出された理由など分かっているはずだろうに。

「侍女長、これは一体どういうことだ」

凄《すご》んだ声を出してみせたが、侍女長は眉一つ動かさず平然としている。

さすが経験を積んだ侍女ということか。

「どうとおっしゃいますと」

「見たら分かるだろう。内装のことだ」

私は眉をひそめて腕を組み、背後の様変わりした部屋を顎で示す。

「ああ！　お気に召されましたか」

「…………は？」

侍女長からの思いもしなかった返答に呆気に取られてしまう。一方、彼女は一瞬だけ眉がぴくりと動いた気がしたが、いつもよりなお表情を固めているようにも思われる。

「お礼ならば、ぜひ奥様にお伝えくださいませ。そのレースは一目一目、旦那様をお思いになりながら作られたものですから。ご覧の通り、とても繊細で美し――」

「つまり」

私は動揺から立ち直ると、苛立ちを隠さず侍女長の言葉を冷たく遮る。

「つまりこれを指示したのはリゼット・クレージュということだな」

「旦那様、何てよそよそしいお言葉を。リゼット・サルヴェール様であり、旦那様の奥様でいらっしゃいますわ」

侍女長はここで初めて挑戦的に片眉を上げて強調した。

「……っ。もういい。指示したのが彼女なら直接言いに行く」

そんなわけで、リゼット・クレージュの自室に向かったわけだが、第一声がわざとらしい悲鳴ときた。……ああ、分かっている。あれは確実に演技だと。結婚式だけでなく、結婚後もまったく顔を見せぬ私への嫌がらせであり、抗議なのだろう。

とっさのこととはいえ自分の夫の顔も認識できないのかと咎《とが》めたら、彼女は謝罪したものの、非は私にあると言わんばかりの言い訳をして、強い姿勢を見せる。

もしや多忙による疲労のあまり、私の人を見る目は曇ってしまっていたのだろうか。あるいは誇っていたはずの慧眼《けいがん》など自分の思い込みで、最初から存在しなかったのか。

「改めてご挨拶させていただきます。二度目まして、旦那様。手芸を趣味とするリゼット・クレージュ、いえ、リゼット・サルヴェールと申します。以後、お見知りおきを――させていただきますわね」

リゼット・クレージュ、いや、リゼット・サルヴェールは寝衣の裾を広げて慇懃無礼にカーテシーを取ると、唇を薄く横に引き不敵な笑みを私に見せた。

初対面では自信なげに視線を下に落とし、大人しく、主人に口答えもせず従うように見えた彼女は今、顔を上げて射貫《いぬ》くように私の目を真っすぐに見つめている。

思えばこの時のリゼットの挨拶と不敵な笑みは、私に対する宣戦布告だったのかもしれない。だが私はそれが、この娘に——妻に頭を悩ます日々のほんの序章だったとは、この時はまだ知るよしもなかった。

◇◇◇

「珍獣捕獲作戦、大成功でしたね」

「ええ！　アンヌさんはじめ皆さんのお力添えのおかげです」

旦那様《だんなさま》が私の部屋から出ていった後、私とアンヌさんは作戦大成功の喜びで両手を合わせました。

時間を持て余しているとはいえ、自分の力だけで部屋中を飾るレースを仕上げられたわけではありません。侍女の皆さんのご協力があってこそのものなのです。

「本当にありがとうございます」

「いいえ。私どもも未確認生物を目撃することができた、と喜んでいるのです。明日からも頑張りましょう」

そう。これは本日だけの作戦ではありません。今ようやく始まったところなのです。

「はい！」

私は合わせたアンヌさんの手をそのまましっかりと握りしめました。


次の日の朝。

「あら。旦那様、おはようございます」

「ああ。……おはよう」

ようやくお部屋の前で旦那様とお会いすることができました。旦那様の生態を少し知ることができた私は恭《うやうや》しくご挨拶をします。

旦那様は肩越しにちらりとこちらに視線を向けるだけかと思われましたが、無視する気まではなかったようで、軽くご返答くださいます。それだけでも一歩前進というところですね。

仮にこうして旦那様に会えたのが、旦那様が昨日のことで一言私に文句を言おうとして立ち止まったからだとしても。

「ご朝食はお済みでしょうか。よろしければご一緒させていただけませんか」

「いや。部屋で済ませた。もう家を出る」

なるほど。朝食もご自分のお部屋で召し上がっていたのですか。オーランドさんは私には何一つ教えてくださいませんでしたね。旦那様からそう命じられていたのかもしれませんが。

「さようでございましたか。では玄関までお見送りいたします」

「いや。ここで結構」

旦那様の態度は相変わらずそっけないものです。ああ、相変わらずというのはおかしいですね。これまでお会いしておらず、そんな態度すら見たことがなかったのですから。ただ、これまでの私への扱いを思い返すと予想される対応ではありました。

「この場所でお見送りをということでしょうか？」

「ああ」

「分かりました」

私は素直に笑顔で答えましたが、旦那様は表情も態度も変わりません。昨夜のことに対して怒り心頭というわけでもなさそうです。感情を出すことも億劫《おっくう》だと思われているのかもしれませんが、真相はどうでしょう。

「それと私の居室にあるレースのことだが、すべて回収しておけ」

やはり気にはなっておられるのですね。しかしそうおっしゃるということは、まだお部屋はあのままなのでしょうか。朝食はあのお部屋で召し上がったということだとしたら、ちょっと滑稽《こっけい》ですね。――いえいえ。元凶の私が旦那様の前で笑っては駄目。

笑いをぐっとこらえて、神妙な表情を作ってみせます。

「侍女長さんからは旦那様がお気に召したようですと伺ったのですが」

そこまで言いますと、旦那様はいかにも嫌そうに眉をひそめました。

さすがにちょっと嫌味っぽかったでしょうか。

「やはり……ご迷惑でしたよね。承知しました」

私が小さくなって殊勝な態度を見せますと、旦那様は満足げな表情を浮かべます。

「では行ってくる」

「はい、お気をつけて行ってらっしゃいませ」

「ああ」

旦那様は心のこもらないお返事を残されると身を翻《ひるがえ》してお出かけになりました。

さてと。私もレースの回収を始めましょうか。

そう意気込んで旦那様のお部屋に入ろうとした時、アンヌさんと三人の侍女さんたちがやって来ました。

「奥様、もしかしてレースをもう回収なさるのですか？」

「ええ。旦那様にそう命じられてしまいましたので」

私は苦笑しながら肩をすくめます。

「私たちがいたします」

アンヌさんはそうおっしゃってくださいますが、旦那様に命じられたのは私ですから、私もしなければ。

「ありがとうございます。ではお手伝いいただけると嬉しいです」

そんなわけで私たちは旦那様のお部屋に入り、レースを回収していきます。

レースが回収されるにつれ元の落ち着いた部屋へと戻りつつあり、少し寂しく思ったりもします。可愛いお部屋だったのに。旦那様も少しぐらい残念に思われたり……は、さすがにないですね。

「一日だけなんて、もったいないなーい」

侍女さんのおっしゃることは私も感じていたことですから、悪意がないのは分かります。それでも皆さんにもお仕事の合間にお手伝いいただいたレースなので、一晩で役目を終えてしまったことに申し訳なさを感じることも確かです。

「申し訳ありません。皆さんにもご協力いただきましたのに」

「あ、そういう意味ではないですよ！　旦那様がもっとお困りになればいいのにと思っただけで」

謝罪すると手を振って慌てて否定なさいました。

「うふふ。そうですね。ただし驚いていただけるのは初見だけですので、これを使うのは一度限りと考えておりました」

「と、申しますと？」

私の言葉にカーテンを取り外したレイナさんは振り返り、悪い笑みを浮かべました。

ですから私も笑みを向けます。

「ええ。引き続きご協力いただけると、とても嬉しいです」

「やりますやります！　だって私も旦那様のお困り顔を拝見したいですもの！」

レイナさんは、明るいご性格がそうさせるのでしょうか、人一倍乗り気でいらっしゃるご様子です。

「ああ、侍女長は呆気に取られた旦那様のお顔をご覧になって、笑いをこらえるのに顔が引きつったとおっしゃっていたわ」

「あの何があっても動じない冷静な侍女長が⁉　よほどの表情をされていたのね」

残念ながら旦那様のそのお顔は私も見ていないのですよね。苛立ちの表情は拝見しましたが。

「ただ」

私は回収されたレースに目を落としました。

「これらの行き場に困りますね。皆さんにもらっていただける量も限度がありますし」

「そうですね。ですが量よりも、これほどの上質なテーブルクロスやカーテンとなると、使用人の私どもの部屋に使わせていただくことは気が引けますね」

皆でうーんと頭を悩ませていた時、アンヌさんがはっと表情を明るく変えました。

「では教会や福祉施設に寄付するのはいかがでしょうか」

「教会や福祉施設ですか？」

「はい。教会や福祉施設は、国からの支援や寄付もあるにはあるのですが、やはりそれだけでは足りなくて毎月一度、資金調達のために物を持ち寄って販売する日があります。貴族の奥様方やご令嬢が慈善事業の一環でご訪問なさいますから、これほどの品ならきっとお手に取られると思います」

「それはいいお考えですね。ではそうしましょう」

私は胸の前でぱちりと手を合わせました。


「おい。どういうつもりだ！」

夜になって、またノックもなく扉が開かれました。

旦那様と違って部屋に鍵をかけておりませんので、やすやすと開放されます。とはいえ、いくら相手が妻という立場の人間だったとしても、ノックの一つくらいはあっていいはずですが。

やれやれと私は読んでいた本を閉じてサイドテーブルに置くと、ベッドから下りてしずしずとご挨拶いたします。まずはお仕事から戻られた旦那様に労《ねぎら》いのお言葉をかけなければ。

「旦那様。お帰りなさいませ。お仕事、お疲れさまでございました。ただ、ノックくらいはしていただきませんと。妻とは言え、淑女の部屋に入るのですから」

「ああ、それはすまな――ではなくて！」

私が少々不満げに申し上げますと反射的に謝罪なさろうとしましたが、途中で思いとどまられたようです。

「これは一体、何だ」

旦那様は苛立ったように、手に持ったレースを振って見せつけてきますのでご説明申し上げます。

「さすがお目が高い旦那様です。よくぞこの大変な工程にお気付きいただきましたね。こちらの赤色のレースは、実はただの一色使いではなく、立体感を出すために他にも三色入れ込んでおります」

なかなか手間がかかりましたが、我ながら良い仕上がりかと思います。

少し得意げに胸を張ってみました。

「そんなことを聞いているんじゃない。私は今日、部屋にあるレースをすべて回収しておけと言ったはずだ。それをこんな色の手形と滴《したた》り落ちる血のような悪趣味な形にして棚に掛けるか!?　瞬間的に血の手形と血しぶきに見えて肝を冷やしたぞ！」

「ご名答にございます。それはわたくしの血で染めた糸を混ぜ込んでおります」

「――なっ!?」

旦那様が目を丸くして絶句されたご様子があまりにもおかしく、こらえきれなかった私はくすりと小さく笑ってしまいました。

「もちろん冗談でございますよ？」

「悪趣味な冗談だ」

だって旦那様をからかうのが楽しいからだなんて、そんなことは――少しだけあります。

それでもご機嫌斜めのご様子ですので、謝罪だけはしておくことにいたしました。

「申し訳ございません」

「……とにかくだ。私はレースを回収しろと言ったはずだ」

「はい。旦那様は今朝、自室のレースをすべて回収するようおっしゃいましたので、その通りにいたしましたわ。そちらは本日新たにご用意しましたレースにございます」

「は!?　――詭弁《きべん》な」

旦那様は腕を組んで不愉快そうに眉を上げます。

詭弁《きべん》だなんて。私は旦那様のお言葉に従ったまでですが。

そう思いながら笑顔を返しました。

「それと、実はこれらを教会や福祉施設に寄付しようと考えております。なので、その前に旦那様にご覧いただこうかと思いまして」

「寄付だと？　この悪意しかないレースを？」

私は手を伸ばすと旦那様の手からレースを取り、中央を指さしました。

「旦那様は血しぶきなどと失礼なことをおっしゃいましたが、ここに宝石を配置しましたら、立派な女性の装飾品になるのですよ。こちらは……ええと、制作途中の手袋です」

ということにしておきます。ですがこれはちょっと言い訳が苦しかったでしょうか。

――案の定。

「いや。不気味な色すぎて手袋というには無理があるだろう！」

旦那様はしっかり突っ込んでくださいました。しかし、はたと我に返り、落ち着こうと思われたのでしょうか、一つ咳払いなさいました。

「第一、寄付なら教会や福祉施設には納めている。あちらも腹の足しにもならん物より金をもらったほうがありがたいだろう」

「教会や福祉施設では、寄付された物品や不要品を集めて月に一度販売なさるそうです。ですから売れましたら収入の一つになるのです」

「そもそも売れるのか、これが」

旦那様は疑わしそうに私が持つレースに視線を向けます。

特に今は目にしたばかりの血しぶきのイメージがあるからでしょう。ただ、ここから手を加えるつもりではあります。

「正直、普段から最高級品を目にされている貴族のご夫人やご令嬢のお眼鏡にかなうかは分かりません。ただ一般の方々もいらっしゃるらしいので、その方々に喜んでもらえたら嬉しいなとは思います」

「面倒だな。仮に売れたとしても大きな売り上げにはならないだろうに、わざわざ手間暇かけてまですることか？　お金を寄付すれば済むことだろう」

私は旦那様のお言葉に頷きます。

「もちろんお金での寄付は大きな力となるものです。ですが、このような催《もよお》しごとを開くことで実際に教会や福祉施設に足を運んでくださる方が多くなれば、現状を知っていただく大事な機会となるのではないでしょうか」

「……まあ、君がやりたいのならば、好きにすればいい」

旦那様は外での私の行動を制限するつもりはないようです。もちろん私もサルヴェール家の名に恥じない行動を心がけるつもりではあります。

「ただし私には関係のない話だし、見せなくていい。だから私の部屋にレースを飾るな。いいな」

屋敷内での私の行動にはご不満のようで旦那様はそう続けました。

残念です。旦那様はレースにはご興味ないようですね。正確にはレースに**も**でしょうか。お見せすることや飾ることは止めにします。

ですから自発的にご披露することにいたしましょう。

「かしこまりました」

しゅんとしょげたところをお見せしてみましたが、旦那様は気にかけてくださるご様子もありません。大丈夫。想定内です。

「ところで旦那様。朝は何時に起きていらっしゃるのでしょうか。明日の朝食はご一緒できますか」

旦那様の生態をさらに調査すべく、ご本人に直接尋ねてみることにします。

「悪いができない。今はゆっくり食事を取っている暇はない。いつも自室で取っているから、君も私のことは気にかけるな」

なるほど。君も気にかけるなということは、旦那様も私のことを気にかけないとおっしゃりたいのですね。なかなか遠回しな言い方をされる方です。言葉だけ変えて反抗し続ける私は、人のことを申せませんが。

「では、明後日は」

「明日も、明後日も、明明後日も、だ」

取り付く島もありませんね。駄目押しなさる旦那様にこっそり肩をすくめたくなります。

「では、夕食はいかがでしょうか」

「夕食も同様だ。帰りは不規則だからな」

確かに旦那様のお言葉は真実でした。かなり夜遅くお帰りになることもあるようです。

「お仕事、お忙しいのですね」

「ああ」

「他にお仕事を任せられる方はおられないのですか」

「ああ」

どうやら旦那様は早く話を切り上げたいようですね。お答えがぞんざいです。きっとお心に余裕がないのでしょう。

「だからここでくだらない話をしている時間は無駄だ。もう私は部屋に戻る。ではな」

「はい。お休みなさいませ」

にっこり笑って私は旦那様をお見送りします。

「――また明日ここでお会いしましょう、旦那様」

一度も振り返らずに出て行く旦那様の背中に、そっとお声をかけました。

◆◆◆

「お帰りなさいませ、旦那様」

「ああ。彼女は」

帰宅するや否や私はすぐにオーランドに尋ねる。

「本日は何もございません。旦那様のお部屋にお入りになったご様子もありませんでした」

「……そうか？」

しかし屋敷の侍女すべてを味方にしているらしい彼女をオーランド一人が見張るのは、圧倒的に不利だ。しかも彼女がこのまま大人しく引き下がる人間には思えない。

「旦那様、お食事は」

「向こうで食べてきた。今日はもう休む」

「承知いたしました。では寝室までご一緒いたします」

これまで彼女は寝室にまでは手を出していなかったが、オーランドも思うところがあったのだろう。

「ああ。……頼む」

まずは何ら変化がない自室に入って着替えをする。服を片付けたオーランドは次に寝室へと繋がる扉のノブを握った。普段は無感情の彼の顔にも少なからず緊張の色が見て取れる。

オーランドがこちらを見たので頷くと、彼は寝室への扉を開けた。

二人してやや飛び込む形で寝室に入るとすぐさま目の端に異変を感じ、そのままそちらの方向にあるベッドへと視線を移した。

そこにいたのは、黒々としたつぶらな瞳とすらりと長い手足を持ち、茶と黄色のツートンカラーをまとった、人間の女性ほどの大きさの巨大蜘蛛《ぐも》だった。

「っ！」

反射的に出そうだった叫び声を息と共に呑み込む。オーランドはもはや声さえ出ないのか、口をあんぐりと開けた状態で、表情が固まってしまっていた。

しばらく二人共々立ち尽くして観察したのち（決して足が動かなかったわけではない）、おそるおそる近づいてみると、黒に染め上げられたシーツの上に蜘蛛《くも》の巣をかたどった白いレースが広げられており、そこへ布か何かで作られた巨大蜘蛛《ぐも》が載せられていた。

「当、然だが。作り物だな」

こほんと咳払いすると、オーランドをなだめるため、あるいは自分の心をなだめるために口から言葉を出した。

微動だにしないそれは彼女が作ったものだ、とオーランドも頭では理解したはずだ。大丈夫、本物ではない。ただの作り物だ。私は理解した。

「オーランド。……片付けておいてくれ。私は彼女のもとに行く」

続いてオーランドに処理するよう冷静に指示する。

「…………承知いたしました」

彼のいつにない応答の遅さと刺すような視線にいろいろな思いが込められていることはやすやすと想像できたが、私は彼からそっと視線を外した。

◆◆◆

「はぁ……」

「レオナルド様？　ため息なんてついてどうしたんですか」

部下のニコラスと廊下を歩いていると、彼が尋ねてきて気付いた。

「今、私はため息をついていたか？」

「はい。それはもう大きな」

「……そうか」

自然と憂鬱さがあふれ出したらしい。

「どうしたんですか？　何か悩み事なら相談に乗りますよ。俺ぐらいしか相談に乗ってくれる人もいないだろうし」

「人を、まるで味方がいない人間みたいに言うな」

その通りじゃないっすか、と彼が言ったのは、聞かなかったことにしてやろう。

「まあまあ。会議を面倒がっているのは分かりますけど、いつものことでしょ」

「まあ、それも頭が痛いが」

本日は貴族院で行《おこな》われている会議に出席することになっていて、ニコラスと共に貴族院に訪れている。

中には顔を合わせたくない連中――いや、者もいる。しかし今のため息の原因はそれではない。

「言ってみてくださいよ。吐き出せば楽になるかもしれませんよ」

私は彼を一瞥《いちべつ》すると、ラウンジに置かれたソファーへ身を沈めた。

さすがに良いものを使っている。座り心地は悪くない。だからと言って気分はまったく晴れないが。

私は立ったままの彼を見上げる。

ニコラスは私と二人の時は自由気ままに振る舞っているが、正式な場ではきちんと切り替える。そうした弁えた行動を取るところも彼を信頼できる要素の一つだ。

まあ、普段の執務室でも、上司に向かって説教したり、無駄口を叩いたり、愚痴をこぼしたりすることは通常ありえない正式な場ではあるのだが……

「確かニコラスはひと月前に結婚したんだったな」

「そうですけど何か？」

「その、奥方とは……うまくいっているか？」

「え？　ええ、まあ。夜遅く帰って遠回しに文句を言われますが、それ以外は」

「そうか」

それだけ言うとうつむいて、また重いため息をもらしてしまう。

「何ですか？　あれだけ大口叩いておいて、レオナルド様のところはうまくいっていないんですか。まあ、そうですよね。結婚式に花嫁を一人きりにするぐらいなんですから。怒って口を聞いてもらえないくらい当たり前っすよ。少しは反省しましたか？」

立て板に水のごとく説教してくる彼をたしなめることもできず、のろりと視線を彼に戻す。

「いや。そうじゃなくて……。口は聞いてくれるが、だからと言って好かれているわけでもなく」

「要領を得ないですね。はっきり言ってくださいよ。こう見えても結婚生活においてはレオナルド様より経験豊富なんですから」

胸を叩いて得意げになっているニコラスを細目で見た。

経験豊富と言っても、たかだかひと月程度私より結婚が早いだけだろ、と言ってやりたい気分ではある。しかし今、相談できそうな相手は目の前のこの男ぐらいしかいないのも事実だ。今は彼への文句は控えておこう。

「実は」

私はここ数日、自室で起こった出来事を彼に伝えた。

「一昨日はベッドにレースで作った蜘蛛《くも》の巣を広げていた。しかもうちの侍女らも共犯で、蜘蛛《くも》の巣が目立つようにシーツの色を変えた挙げ句、ご丁寧に足の長い蜘蛛《くも》の制作まで手伝っている始末だ」

――蜘蛛《くも》はわたくしです。獲物は……

彼女は意味深にそう言って薄く笑うばかりだった。

おまけに私の部屋にレースを飾るなと言っただろうと注意すると、飾っておりません、ベッドの上に置いただけですと言う。

「うちの初老の侍従長の心臓を止めるつもりかと言えば、気遣いが足りず申し訳ありませんでしたと神妙な態度を取ったはいいが、今度は侍従長の目に付かない所に飾り出したんだぞ！　昨日は天井におどろおどろしい亡霊の顔になったレースをつけていたんだ！　夜、そこで寝るベッドの真上にだぞ⁉」

また注意したら、彼女はオーランドの目に付かない所にしましたただの、レースをベッドに置いたら叱られたので天井に貼ってみましただの……。本当にああ言えばこう言う。

「彼女の手芸の技術は高く、蜘蛛《くも》も巣も亡霊も本物のようで、初見だと本気で心臓をつかまれる。今日も覚悟して帰るつもりだが、今度はどこにどんな仕掛けがあるのかと考えるだけで気が滅入ってしまう」

ため息をついて頭を抱え込んだところで、ニコラスが静かすぎることに気付く。本気で人の話を聞いているのか。

顔を上げて視線をやると、彼は項垂《うなだ》れて震えていた。

「おい、ニコラス？　何とか」

「ぶっ」

「ぶ？」

「――ぶはっ、はははははっ！　レ、レオナルド様ともあろうお方が！　形無しっすね！　あー。こらえすぎて呼吸困難になるかと思った。あーやばい。腹痛ぇ！」

あろうことか、彼はお腹を抱えて笑っていた。しかも膝に来ているらしく、今にも笑い崩れればかりだ。

「お前な！　人が真剣に悩みを打ち明けたというのに」

「いやだって。いつもは相手が誰であろうとも、実力でやり込めたり、飄々《ひょうひょう》と聞き流したりしているレオナルド様が奥様相手に翻弄《ほんろう》されているって、面白すぎじゃないですか。これを笑わずして何を笑う！　――ああ、だからですか。今日、ズボンの裾に黄色の蝶と薄紅色の花が刺繍《ししゅう》されているのは」

「はあ!?」

ニコラスが指さすところを慌てて確認するが――ない。

「やーいやーい。引っかかった！」

「ニコラス、お前……減俸な」

子供のようにからかってくる彼を冷たい目で見て、処罰を言い渡した。

「部下を脅すなんて、何て酷い上司なんですか！　可愛い部下の可愛い冗談じゃないっすか。心が狭いですよ！」

「自分で可愛いとか言うな！　とにかくそれが嫌なら一緒に対策を考えろ」

「分かりましたよ」

ようやく笑いを抑え、涙を拭った彼は顔を引き締める。

「えぇっと。対策でしたっけ」

今こいつ小声で、俺は奥様を応援したいけどなあ、と言わなかったか。

睨《にら》みつけると彼は肩をすくめた。

「部屋に入れないよう鍵をかけたらいいじゃないですか」

「そんなものは初めに考えて、とっくにやっている」

私は眉をひそめて腕を組む。

「だが鍵を保管する侍従長が詰め寄られたらしい。主がいない時、家を守るのは女主人です。その女主人の命に背くのですか、と。侍従長という職に誇りを持っている彼は、その言葉に逆らえず差し出したようだ」

……まさかとは思うが、自分にまで被害が及ばないように寝返ったわけじゃないだろうな。

一抹の不安がよぎる。

「なるほど。職務に誇り。あ！」

彼は顎に手をやって考えていたが、何かを思いついたようでぱんと手を打つ。

「じゃあ、その侍従長さんに見回りしてもらえばどうですか？　レオナルド様の目に入らないうちに回収してもらうとか」

「それも当然指示している に決まっている。だが、うちの侍女たちは彼女の味方だ。一対十ではどうしようもない。他の侍従たちは侍女らの冷たい視線を恐れて、完全に見ぬふりを貫いているようだしな」

主人の命より侍女たちのほうが恐ろしいと言うのか。何と情けない侍従たちだ。……いや。これ以上はよそう。墓穴を掘りそうだ。

「――ぷっ！　奥様陣営、最っ高！」

ニコラスは、今度は楽しそうに大きく手を打った。

「だーから俺は言いましたよね。女性は悪魔よりも残酷で、天罰よりもさらに恐ろしいと」

腕を組み、目を伏せて得意げにうんうんと頷くニコラスに眉をひそめる。

彼の言葉通りになったことが面白くないが、認めざるを……得ない。彼女を持て余しているのは確かだ。

「御託は良いから何か対策を考えろ」

「そうは言われましてもねぇ」

完全に面白がって半笑いで言うニコラスに、さらに眉をひそめようとしたところ。

「やあ。サルヴェール侯爵」

声をかけられて相手を確認するとすぐさま立ち上がる。一方、ニコラスは礼を取った後、少し離れた場所へ移動した。

「これはアスペリオン公爵。気付かずに失礼いたしました」

アスペリオン公爵は爵位や積み上げてきた経験のみならず、恰幅《かっぷく》の良さでより貫禄を見せる方だ。

私のことが気に入らないようで、何かにつけて私のすることにケチを付けてきたり、意見に反対してきたりする面倒な男でもある。わざわざ会議開始前に声をかけてきて何のつもりか。とは言え、相手は公爵だ。ぞんざいな扱いはできない。

「本日はどうぞよろしくお願いいたします」

私はアスペリオン公爵に笑顔で返事をする。作り笑顔など慣れたものだ。たとえそれがどんな相手だとしても。

「こちらこそ」

いつも私には不機嫌そうな顔しか見せない公爵もまた、今日はやけににこやかで不気味だ。何を企んでいるのか。普段は愛想笑いすらしない公爵の笑顔に面食らってしまう。

「いや。会議前に悪いね。実は今日、君に声をかけたのは、私からも礼を言わねばと思ってね」

「は。礼、ですか」

思わぬ言葉に気の抜けたような返事をしてしまった。

公爵に礼を言われる覚えはまったくないが……

「ああ。昨日、私の妻が君の奥方と福祉施設で偶然会ったそうなのだがね。そこでストールって言うのかい？　あれをもらったみたいで大喜びしているのだよ」

「ストール……ですか」

「ああ。絹糸で作られた艶《つや》のある白いレースだよ。君の奥方の手製だそうだね。私も見せてもらったが、素晴らしい出来だ。とても繊細で上品で美しかったよ。妻は次のパーティーで身につけていくと今から張り切っているよ」

艶《つや》のある白いレース、と。

彼女の腕前は確かな上に、材質は一流のものを用意しておいたから、夫人のお眼鏡にかなったのだろうか。

「そ、そうですか」

「ああ。奥方にぜひよろしく伝えてくれ。最近知ったが、君も結婚したんだね。大々的な結婚式や披露宴はしなかったのかい」

「はい。私がなかなか時間を取れず、結婚は当人だけの略式だったので、どなたもお呼びしていなかったのです」

もともと公爵は自分の結婚式に呼ぶような間柄ではないが、角が立たないように言っておく。

「そうかい。君は今一番忙しい時期かもしれんね。しかしやはり女性は華やかな結婚式に憧れているだろう。また時間ができたら改めてお披露目してあげたほうが良い」

「……そうですね」

「とにかくありがとう。それだけ言いに来たんだ。うちの妻がストールはもちろんだが、君の奥方のことをとにかく気に入ったらしく上機嫌で、私まで嬉しくなってな。だから礼を言いたかった」

思いのほかアスペリオン公爵は愛妻家だったらしい。人は見かけによらないと言うがまさにそれだ。

「そうでしたか。わざわざ足をお運びいただき、誠にありがとうございました」

「いやいや。こちらこそ。では私はこれで失礼する。またのちほど」

最後まで笑顔のままの公爵を見送った後、私はほっと息を吐いてソファーにどかりと座る。

「あんな機嫌の良い公爵を見たことがないですよ。奥様の顔は広いっすねー」

「……まったくだ」

瞳を輝かせながら再び近づいて来たニコラスを前に、私はまた大きくため息をついた。


「お帰りなさいませ、旦那様」

「ああ」

いつものごとくオーランド一人の出迎えで家に入りながら尋ねる。

「アレの処理はどうだ」

「発見いたしまして、すでに回収しましたから問題ありません」

一体どんなものが仕掛けられていたのやら。聞く気にもならないが。しかしオーランドの目に付く所に置いていたとなると、心臓を止めるほどのものではなかったに違いない。

……しかし、簡単に撤去されるような無駄なことを彼女がするか？

「旦那様？」

考え込んだ私にオーランドは声をかけてきた。

「ああ、いや。ご苦労。それで彼女は？」

今日はまた遅くなってしまった。彼女はもう部屋に引き上げている頃だろうか。

「彼女……ああ。奥様ですか」

「そうだ」

オーランドの言い方に少し違和感があったが私は頷いた。

つい最近まで彼女のことを名前で呼んでいた気がするが、今、奥様と言ったか？

「もうお部屋でお休みではないかと」

「寝ているのか？」

「お部屋に入られた後のご様子は、私には知ることはできません」

「まあ、それはそうだな」

侍従長とはいえ、さすがに妻の部屋を覗いて様子を報告しろとまでは言えない。

「分かった。ともかく食事にする」

「承知いたしました」

食堂に入り一人食事を取りながら、ふと気になって側に控えるオーランドに尋ねてみることにした。

「日中、彼女は……リゼットは何をしている？」

「お庭で花を観賞なさっていることもありますが、お部屋やサロンで手芸をなさって過ごされていることが多いかと存じます。昨日は福祉施設へお出かけにもなられていました」

教会や福祉施設にレースを寄付すると言っていたな。そこでアスペリオン公爵夫人と会ったのか。

「また、侍女らとお茶を飲んでいるご様子もありますが、それは注意したほうがよろしいでしょうか」

「いや。それはいい。好きにさせてやってくれ。彼女も貴族の娘だ。公の場での使用人との接し方は、重々承知しているだろう」

彼女は会話の受け答えも速いし、瞬く間に家の者を味方につけた。彼女には人を惹きつける何かがあるのかもしれない。

ぼんやり考えていると、オーランドから旦那様と声をかけられた。

「ああ、悪い。何だ？」

「僭越《せんえつ》ながら申し上げます。お休みを取られるか、早くお仕事を切り上げられるのが良いのではないでしょうか。あまりお顔の色が優れません。最近しっかりとお眠りになられていないのでは」

オーランドは幼い頃よりずっと私に仕えてくれていて、口数は少ないがいつも気遣ってくれているのが分かる。改めて見ると彼も年を取ったなと思う。もちろんそれだけ自分も同じく年を重ねたわけだが。

「……いや。大丈夫だ。だが、ありがとう。もう休むことにする」

「え？」

「え？」

少し驚いたような彼の声に私も聞き返すが、すぐにいつもの澄《す》ました顔に戻る。

何か変なことを言っただろうか。思い返してみるが、よく分からない。

「いえ。お休みなさいませ」

「ああ？　お休み」

私は挨拶を残して食堂を出た。

オーランドと別れ、自室に戻った私は寝室へと向かった。

回収したと言っていたが、オーランド一人の見回りでは多勢に無勢だ。用心するに越したことはない。

私は警戒しながら部屋中を見渡す。――が、家具にも壁にも天井にもベッドにも異常はない。

「頑張ったであろう彼女には悪いが、今日は私の勝ちだな」

ほっと息をついてベッドに腰かける。

私は今日のアスペリオン公爵の様子を思い出していた。

公爵の機嫌の良さには本当に驚かされた。リゼットが初対面で公爵夫人に良い印象を残したことが、公爵にまで影響を及ぼすとは思いもしなかった。彼が愛妻家だったこともあるのだろうが。

何にせよ彼女のおかげで今後、私に対するアスペリオン公爵の態度は軟化していくだろうから、そのことは感謝したい。明日の朝、感謝を……伝えよう。

少しは彼女に対する態度を改めなければと思いながら、ベッドに入ったわけだが。

「何だ？　シーツの手触りが」

手が触れた所に何やら違和感があり、嫌な予感を覚えてシーツを一気に大きく開く。そしてそれが目に入った瞬間。

「――うぁっ!?」

ぐっと息が詰まり、次の瞬間にはベッドから勢いよく飛び下りていた。正確には飛び落ちていた。派手にお尻を打って痛みに顔をしかめながら立ち上がり、呼吸を整えて改めてその場所を覗き込んで確認する。

するとシーツには今にも蠢《うごめ》き出さんばかりにうねった胴体の長い虫や、黒々した足の多い虫や、赤茶色の足の長い虫が無数に――刺繍《ししゅう》されていた。

「うっ……」

先ほどは危うく大声を出すところだったが、何とか耐えた。耐えてみせた。

精巧に刺繍《ししゅう》されたそれらは作り物だと認識した今でも背筋が寒くなる。これは駄目だ。嫌がらせにしても度が過ぎている。たちが悪すぎる。これだけはどうしても駄目だ。許しがたい。

とっさに廊下に出て向かう先はたった一つ。彼女の、リゼットの寝室だ。

「おい！　今まで大目に見てきたが、今日という今日という……」

扉を開け放って怒りのままに言葉をぶつけようとする。しかし、視界に入った光景にはっとして、言葉が途切れてしまった。

今日の彼女はベッドの中で、手に本を持ったままますでに目を伏せていたからだ。

「眠って……いるのか？」

慎重に小さく声をかけながら近くまで寄ってみると、穏やかに寝息を立てているのが分かった。

どうやら本当に眠っているようだ。いつもは挑戦的に見つめてくる意志の強そうな琥珀《こはく》色の目は伏せられ、小生意気な言葉を吐く口も閉じられ、今はただ素直で穏やかで幼げな女性に見える。

私は無理に起こしてまで説教することは諦めた。

「そういえばいつも本を手に持っているな。一体何の本を」

彼女の手から本を取り上げて題名を確認すると、『世にも恐ろしい怪物図鑑』とある。

「は？　まさか……次の嫌がらせの題材探しか？」

思わず顔を引きつらせてしまう。

さらにサイドテーブルに置かれた本に気付き、手に取って同じく題名を確かめると、それは『珍虫奇虫図鑑』だった。数ページめくって――すぐに閉じた。

「これをベッドのシーツに刺繍《ししゅう》されたら……」

考えるだけでおぞましく、めまいを起こしそうだった。虫だけは本気で止めてほしい。

「くそっ」

こんな夜中にベッドのシーツを取り替えてくれなどと言えば、負けた気がする。侍女に虫が苦手なんだと陰でせせら笑われるのも癪《しゃく》だ。だからと言って、大人しく自分のあのベッドに戻るつもりも、ソファーで眠るつもりも毛頭ない。悪夢を見そうだ。

「……ああ、そうか。ここなら安全だ」

リゼットが眠る横の空間を見下ろした。一人で眠るには十分すぎる空きがある。

安心安全に眠れる場所を確認した私は、いったん寝室に戻って明かりを消すと扉を閉めた。開きっぱなしにしておいて、それに気付いた家の者が何事かと騒ぎ出しても困ると思ったからだ。

再びリゼットの寝室に戻った私は、テーブルの上のランプを消すとベッドに上がり、彼女の横に滑り込んだ。熟睡しているからか、彼女はまったく起きる様子がない。

――そうだ。ここで一晩明かせば、翌朝、彼女の驚く顔が見られるだろう。これまでしてやられるばかりだったが、彼女への最大の逆襲となる。朝が待ち遠しい。

悪い笑みを浮かべていると、横の彼女が急にごろごろと寝返りを打って私との距離を詰めてきて、さらに手足を伸ばす。

思いのほか寝相が悪いようだ。夜中、私を蹴飛ばしやしないだろうな。

呆れた時、彼女の手が私の頭をとらえたかと思うと抱え込まれた。

「お、おい⁉」

「……さふさ。ラッシゅぅ」

彼女は寝言を呟きながら私の後頭部を撫で上げる。

どうやら私の髪の毛を犬か何かの毛と間違えているらしい。本人の栗色の猫っ毛のほうがよほど手入れされていて柔らかいだろうに。

ため息をつき彼女の腕から逃れようとしたが、眠っている割にはがっちりと抱え込まれて簡単には振りほどけない。もちろん女性で、まして眠っている人間なのだから、無理にやろうと思えばいくらでも払えるが、起きてしまう可能性がある。そうなると夜中に面倒なことが起こりそうだ。

まあいい。寝相が悪そうだし、体勢が辛くなればそのうち放すだろう。

そう考え直して、私は彼女の腕に抱かれたまま目を伏せた。

翌朝。

目が覚めてベッドの感触と周りの光景に違和感を覚えたが、すぐにそれは昨夜、自室ではなくリゼットの寝室で眠ったからだと気付く。同時にいつもと異なる感覚があった。

今日はとても目覚めが良く、気分がすっきりしている。

オーランドが昨夜言っていた通り仕事を詰め込みすぎているせいか、精神的な疲労の蓄積で睡眠時でも緊張状態が続いているのか、最近は眠りが浅くて体がしっかりと休めていなかった。しかし今日は久々にぐっすりと眠れた気がする。

ちらりと横を見ると、眠る前と違って腕は解かれていたが、リゼットはまだすぐ側にいる。そんな彼女の目はいまだ伏せられたままだ。

……もしかして彼女の温もりの中で眠ったからだろうか。人の温もりを感じたのはいつぶりだろう。いや。物心ついた頃には家庭は冷え切っていて、父にも母にも温もりで包まれた記憶がない。私が病で伏せっていた時も、目覚めて目に入ったのはオーランドの姿だけだった。

眠る彼女の姿をじっと見つめていると、不意に彼女の目が開いた。最初は焦点の合わぬぼんやりした様子だったが、ぱちぱちと何度か瞬くと――

「きゃあああっ⁉」

私という人間を認識したのだろうか。あるいは頭で考えるよりも先に体が動いたのか。

彼女は大きく目を見開き、悲鳴と共にベッドから私を力強く蹴落《けお》とした。

奇襲攻撃になす術《すべ》もなく、昨夜に続いて体に衝撃がドスンと重く響く。

前言撤回。

目覚めは、ああ、うん。――最悪だ。

◇◇◇

目覚めてすぐ目の前に人の顔があれば、それは当然驚くでしょう。仕方がないと思います。まして容姿端麗な男性となると余計に。

今回は本当の本気で驚き叫び声を上げてしまい、おまけに旦那様を蹴落《けお》としてしまいました。

私の悲鳴を聞き侍女さんらが何事かと駆けつけてくださいましたが、旦那様が対応されて誰も部屋に入らせません。まさか妻にベッドから蹴落《けお》とされたなどとは説明できませんものね。ですからこの部屋には今、私と旦那様のみです。

というわけで、ここは素直に謝罪申し上げたいと思います。……腕を組んで、不機嫌そうに眉をつり上げてこちらを睨《にら》みつけていらっしゃることですし。

「一度ならず二度までも、夫である私の顔を見て悲鳴を上げたな」

「誠に申し訳ありません。まさか旦那様がわたくしの横でお休みだったとは露知らず、驚いてしまいました」

「そればかりか私をベッドから蹴落《けお》とした」

「はい。暴漢かと思い、防衛本能が働いてしまいました」

寝起きですぐに防衛本能が発動するって、ちょっとすごいことではないでしょうか。胸を張って生きたいと思います。

「……本気で反省する気があるのか？」

旦那様は私の言動がお気に召さなかったようです。目を細めて尋ねてくるので、私は笑顔で答えました。

「いいえ」

「ないのか！」

「旦那様も旦那様かと。一度もこのお部屋で休まれたことはないのに、わたくしが眠っている時に侵入されるなど、紳士の行為ではないのでは」

私はもちろん文句を言います。ここぞとばかりに言いますよ。

「侵入とは看過できない言葉だな。私は君の夫だ。君から許可をもらう必要はないだろう」

「そうだとしても家庭内別居みたいなものですし、いらっしゃる際は一言断っていただかないといけません」

「自分の妻に対して、どうしてそんなよそよそしい態度を取らないといけないんだ」

「旦那様がそれをお望みでいらっしゃるからでは？」

そこまで言うと旦那様はぐっと息を詰め、言葉を途切れさせました。

図星だったのですね。分かりますよ。

「……ところで私のベッドシーツのあれは何だ」

反論のお言葉を見つけられなかったのか、旦那様はお話を変えてきました。それについても、きちんとお答えいたしましょう。

「はい。虫の刺繍《ししゅう》です。心と目に焼きつくような虫たちを厳選いたしました。途中、ざわざわと寒気がして何度も挫折しかけたのですが、何とか気持ちを奮い立たせて頑張りました」

「焼きつかせるな、厳選するな、頑張るな！　というか」

私の腕をびしりと指さします。

「自分で作っておいて気持ち悪そうに腕をさするな！　こっちは本気で心臓をつかまれるくらいの驚きと息詰まりを感じたんだぞ」

「まあ！　ご満足いただける出来栄えとなったようで、良かったです」

にこにこと対応していると、旦那様は重くため息をつきます。

ため息をつく度に幸せが逃げていくと言いますが、本当でしょうか。けれど憂鬱そうなお顔では、少なくとも幸せは寄って来そうにありませんね。

じっと見つめる私に気付いた旦那様は少し戸惑ったような表情を浮かべました。

「何だ？　――ああ、いや。もういい。これ以上、朝から疲れている場合じゃない。私は仕事へ行く準備をする」

「承知いたしました。旦那様は、朝食はまだですね？　ご一緒させていただいてよろしいでしょうか」

「……好きにしろ」

抵抗する気力を失われたのか、旦那様は快く（？）承知してくださいました。

自分から言い出したことですが、旦那様と向かい合っての初めてのお食事で、少し緊張します。

「ああ。そういえば」

黙って食事を進めていると旦那様のほうから声をかけてくださいました。無視を決め込まれるのかと思っていましたので意外です。

「アスペリオン公爵の奥方にストールを贈ったと聞いた」

「あ、はい。偶然、福祉施設でご一緒しまして、ご挨拶代わりにお贈りしました」

寄付のために持参したものですが、とてもお気に召してくださったので私も嬉しくなってしまいました。公爵夫人は気さくなお方で、楽しくお話させていただいたことには大変感謝しております。

「私への嫌がらせ用の裁縫だけじゃなく、ストールを作る時間もあるのか」

嫌がらせだなんて言葉が過ぎますね。旦那様はかなり皮肉っぽくお尋ねになります。

私は内緒話するように口の横に手を当てます。

「内緒にしてくださいね。公爵夫人には口が裂けても言えませんが、実はあれ、旦那様の部屋に仕掛けた蜘蛛《くも》の巣レースに手を加えたものですよ」

目を見開く旦那様に、私はくすくすと笑いました。

「まあ、言わなければ分からないだろう。ともかくも、日常的に不機嫌な公爵が喜んでわざわざ私に礼を言いに来た。だから私からも……君に礼を言う。ありがとう――リゼット」

視線を少し横に流し、きまり悪そうに感謝のお言葉を述べた上、私の名前まで呼んでくださって驚いてしまいましたが、私は「はい」と微笑み返しました。

その後、朝食をいつものペースで食べていると、旦那様は手早く済ませて席を立ってしまいました。私もお見送りしようと慌てて立ち上がりましたが、今日も見送りは結構だと断られました。少しぐらい旦那様との距離感が縮まったかなと思いましたが、やはりまだまだのようですね。

二人の間にはもっと会話が必要なのだと思います。旦那様にもご協力いただけるような何か良い仕掛けはないでしょうか。侍女さんたちにも伺ってみましょう。

「奥様、失礼いたします」

「あ、はい」

旦那様が出かけられた後、サロンのソファーに座って手芸をしながらそんなことを考えていた私に、オーランドさんが声をかけてきました。

最近の彼はリゼット様ではなく、奥様と呼んでくださっています。彼にはご迷惑をかけている身ですし、女主人としての役目も果たせていない状態ですので、なぜ奥様と呼んでくださるようになったのか不思議に思います。尋ねてお答えいただけるとも思えませんが……

「ご依頼の物をお持ちしました」

「ありがとうございます」

福祉施設の子供たちがレース編みに興味を持ってくれたので、オーランドさんに手芸用品を頼んでおいたのです。私はそれを受け取ってお礼を言いましたが、彼は立ち去りません。

どうしたのかしらと再び見上げますと。

「奥様。旦那様のことですが」

「あ、はい！」

やはり叱られてしまうのだろうと、背筋をぴんと張って姿勢を正しました。

ところが彼の口から出た言葉は思いもよらないものでした。

「……ありがとうございます」

「え？」

驚きに目を瞠《みは》っていると彼は続けます。

「旦那様をどうかよろしくお願いいたします。――では失礼いたします」

「……あ、はい」

オーランドさんは礼をすると、多くを語らず去って行きました。

入れ替わりに侍女長さんが入って来ましたので、彼について話してみました。

「侍従長はここで一番長く仕えている方です」

侍女長さんは少しだけ躊躇した後、続けます。

「旦那様は温かい家庭の中で育ったとは言えず、幼い頃より常に旦那様に寄り添っていた侍従長にだけお心を許されているようです。ですから侍従長は自分だけは旦那様の味方でいたいと思っているのでしょう」

「そう、でしたか」

旦那様が私だけでなく人と距離を取っているように見えるのは、その距離感を測りかねているからなのでしょうか。

「ええ。だからと言って、旦那様の奥様に対する言動がすべて帳消しになるわけではないと、わたくしは思っております。侍従長も最近の旦那様のご様子をご覧になって、ただ闇雲に守るだけが旦那様のお心を救うのではない。考えをそう改めたのではないでしょうか」

私は侍女長さんに笑んで小さく頷きました。

◆◆◆

「ニコラス。君の妻は……可愛いか？」

自分の席に着いているニコラスにぼんやりと問いかけた。

「――――は⁉」

目を見開くニコラスに、今、自分は妙なことを口走ったかもしれないと我に返った。ごまかすために慌ててペンを動かす。

「駄目。駄目っすよ！　絶対に紹介しませんよ！　妻がレオナルド様にたらし込まれたら困る！」

さすがに軽く受け流せない彼の言葉に顔を上げた。

「馬鹿。誰がそんなことをするか。見損なうな」

「ああ、そうっすよね。レオナルド様なんて何もしなくてもご令嬢のほうから寄ってくるほどのお方ですけど、社交辞令しか返しませんもんね」

良かったと胸を撫で下ろすニコラスだが、ほっとする意味が分からない。相手が私に近寄ってくる分にはいいのか？

「それで？　何で急にそんなことを聞いてくるんですか？」

「え。……ああ、いや。別に」

本当にどうしてこんな話を始めてしまったのか。思わぬ失言に少々苛立ちながら眉をひそめた。

「とか何とか言っちゃって。最近、奥様のことばかり話しますよね」

奥様のことばかり、とは語弊がありすぎる。そこはきちんと訂正することにした。

「そうじゃなくて、妻に手を焼いているという話だろ」

「そりゃあ、そうですけど。前は色恋のことはまったく口にしませんでしたよ。一に仕事、二に仕事、三、四も仕事で、五も仕事。ただひたすら仕事の話」

「仕方がないだろう、環境が変わったんだから。そもそも色恋の話じゃない」

私は大きくため息をつく。

まさか結婚してこれほど大きく生活が変化するなどとは夢にも思わなかった。

しかしよくよく考えてみれば、生活圏の違う人間が自分の領域に入ってくるわけだから、水面に小石を落とせば波紋を描くように、何かしらの影響があっても当然のことかもしれない。

それすら見通せなかったというのは、疲れ切っていたのか、あるいは私のそもそもの考えが浅はかだったのか。後者だと考えたくはないが、可能性としては……ある。

「いやぁ。レオナルド様を翻弄《ほんろう》する奥様っていいですねぇ」

「誰が翻弄《ほんろう》されていると言うんだ」

上司の不幸を明らかに楽しんでいるニコラスを睨《にら》みつけるが、彼は至って平然としている。

「だから、レオナルド様が」

「手を焼いていると言っているんだ」

「それを翻弄《ほんろう》されている、と言うんですよ。解決できていないんだから」

ぐっと言葉に詰まった。ニコラスにまで反論できないとは情けない。

「それで？　奥様にアスペリオン公爵の件、お礼を伝えましたか？」

「……まあ」

相変わらず鋭いところを突いてくるやつだ。

言葉を濁すが、彼は当然興味津々でさらに聞き出そうとしてくる。

「どんな反応をなさっていましたか？」

「別に普通に、はい、と言っただけだ」

「それだけ？」

「ああ」

ただ驚いた後、嬉しそうに微笑んではいた。私が礼を言ったからだろうか。私が……彼女の名を呼んだからだろうか。

「ペンを止めて、何を思い出して微笑までしているんですか。腹が立つくらい色っぽいんですけど」

「誰がだ」

指摘されてまたペンを持つ手を動かす。

自分から始めた話とは言え、ニコラスは無駄な会話が多すぎる。

「ともかくね。素直には素直が、優しさには優しさが返ってきます。奥様を大事にしてあげてくださいよ」

何だか説教臭いやつだな。

上から目線で指導してくるニコラスに、家での現状を思い返して再びうんざりしてくる。

「悪いが私は私の生活を乱したくない。家に帰ってまで他人に気を配りたくはない」

「他人って酷いな！　仮にもレオナルド様が選んだ奥様でしょ。血は繋がっていなくても家族でしょ！」

「……血が繋がっていても家族なんて呼べる者はいなかった」

自分の両親も貴族の慣例通り政略結婚だ。家族の形は家庭それぞれといえども、彼ら二人の関係や彼らと私との関係は、他人以上に他人だった。幼少期は親が側にいてくれないことが寂しかったように思うが、いつしか一緒の空間にいることが苦痛にすらなっていた。

「え？」

ニコラス相手に思わずまた変なことを口走りそうになって、はっとする。

「あ。いや。とにかく、人が私の生活を侵害することに慣れていないんだ。仕方がないだろう」

「本当にもう！　共に生活することを侵害とか言って、全然反省していないな、この人！」

なぜ私が反省する必要があるというのか。反省するべきは私ではなくて妻だろう。

「その家族である私の妻が、疲れて帰ってきて休もうとしている夫のベッドのシーツに、今にも動き出しそうな躍動感のあるおぞましい足の多い虫を刺繍《ししゅう》するか？」

ああ、しまった。口に出してまたおぞましさと不快感がよみがえってしまった。

「む、虫!?　うわあぁぁぁ。怖っ！」

ニコラスは嫌そうな表情を浮かべた。

虫が苦手なのは私だけではなかったらしい。気持ちを共有できる人間がいて嬉しい。……ん？

嬉しい？　嬉しいって何だ。何の感情だ。

思わず眉をひそめそうになったところ。

「だけど——奥様ナイスッ」

彼は片目をつぶり、にっと笑った。

「おい、ニコラス。なぜ妻を応援しているんだ」

「だって奥様はレオナルド様に嫌がらせをしているわけじゃないんですから」

「は？」

嫌がらせ以外に何があると言うのか。

結婚して間もないのにもかかわらず、彼女を適当にあしらっていた自覚はまあ、なくはない。それに対する彼女なりの報復なのは間違いないだろう。

「いや。そりゃあ、少しくらいは。大半は……九割方は嫌がらせでしょうけど、でも本当は」

「それは嫌がらせ以外の何ものでもないだろっ！　とにかく私は攻略法を見つけたんだ」

「攻略法？」

得意げに笑うと、ニコラスは眉根を寄せて首を傾げた。

「ああ。彼女は手芸の名人のようだが、そんな彼女であっても時間がなければ作ることはできないはずだ。つまり私が早く帰って彼女の動向を見張っておけば、彼女は私の部屋に近づけないどころか、嫌がらせ作品も作れないということだ」

これまで仕事を詰め込んでやってきていた。多少早めに仕事を切り上げても十分余裕はある。

「はあ、そうっすね……」

今、レオナルド様、結婚してからちょっと馬鹿になりました？　と小声で言わなかったか？

私は気を取り直すためにごほんと咳払いした。

「とにかくだ。このままでは埒《らち》が明かない。自分で見張らなければ」

「とうとう本人がご登場ってことですか？」

「そういうことだ」

「まんまと奥様の手のひらの上で転がされているよ、この人。まあ、面白いからいっか」

ぼそりと呟いたニコラスに片眉を上げる。

「は？　今、何と言った？」

「いや。名案なんじゃないすかね」

「そうだろう」

頷く私にやっぱりレオナルド様はお馬鹿になったなあと、彼が呟いたような気がした。

◇◇◇

「今度は何を作っているんだ？」

「ええと。今日はふさふさとした毛の毒虫を作っています」

「毛虫はやめろ、毛虫は。寒気がする。と言うか、毒虫って何だ」

「え？　――ひっ⁉」

無意識に答えたところで、夕方の時間帯には聞こえるはずのない低い声だと気付いて振り返ると、そこにいたのは旦那様でした。

思わず身を固くして息を呑んでしまった私に対して、なぜか旦那様は勝ち誇った表情で笑んでいらっしゃいます。

「だ、旦那様⁉　ほ、本日はどうなさったのですか？」

集中していたとはいえ、普通に入ってくる人の気配に気付かないわけがないと思います。おそらく気配を感じさせないように、身を潜めて入ってきたのでしょう。

……なかなかお茶目さんなのですね。

「どうなさったとは？　それは仕事を終えて戻ってきた夫にかける言葉として正しいか？」

「し、失礼いたしました。お帰りなさいませ、旦那様。お疲れさまでした」

「ああ」

一瞬、不服そうに眉をひそめたものの、また不敵な笑みに戻る旦那様。

「あの、本日はなぜこんなに早いお帰りなのでしょうか」

まだ沈む太陽の赤みが空に残っている時間帯ですが……。これまでは早くても空が真っ暗になってから帰ってきていました。

「仕事が早く終わったから帰ってきた」

「そ、そうですか。あ、あの」

ご挨拶だけしたら去るかと思われた旦那様が、ソファーの前に回り込んで私の横に座るものですから、会話を続けることにしました。

「夕食までは時間がありますし、お茶でもいかがですか」

どうせ断られるだろうと思いながら社交辞令でお誘いしてみると、意外にも旦那様は頷きました。

「そうだな。頂こう」

本当に一体どうなさったのでしょうか。密かにまた驚いてしまいました。

けれど私は自分から言い出した以上、アンヌさんに声をかけてお茶を用意してもらうことにしました。その間、会話も続かないので手を動かしていると、旦那様からお声がかかります。

「器用なものだな」

「ありがとうございます。もともとはとても不器用で、よく針を手に刺したものです。経験を重ねて上達いたしました」

「そうか。今はもう嫁いだ姉はこういったものがとても苦手で放り出していたんだが」

「貴族令嬢の嗜《たしな》みとして、義務的になさっていたからではないでしょうか」

「なるほど。君は違うのか？」

私は手を止めて少し考えます。私も当初は好きではなかったからです。いつから好きになったのか。――そういえば。

「初めて完成した物をお父様、父に贈ったら、とても喜んでくれたのです。それはもう、我ながら何の形なのか分からないほど酷いものでしたよ。ですが、父はとても喜んでくれたのです」

今思うと、父は初めて一つのことを成し遂げた私に対して、成長を感じて喜んでくれたのでしょうか。

「そうか。うちは」

旦那様は顎に手をやり、半ば目を伏せました。

過去の出来事を思い出されているのでしょう。けれど、それは昔を懐かしむという表情ではなく、眉をひそめて嫌な記憶を引っ張り出しているような面持ちです。

「うちの父はそういう人間ではなかったからな。両親も政略結婚で、夫婦の間には初めから温もりなど存在していなかったのか、それとも冷めきっていたのか……家庭を顧《かえり》みず、たまに顔を合わせても笑顔を見せるとか、子供たちを褒めるということはなかった。むしろ不機嫌そうに眉をひそめていたな」

単に厳しかったというわけではなく、子供に愛情を向けることができなかった方なのでしょうか。

「気位の高い母はそんな父に愛想を尽かし、幼い私たちを放置してパーティーと買い物に明け暮れていた。姉も私より一つ上なだけで私を気にかけてくれるほど心が成熟していなかったし、家族愛など……ああ」

旦那様は前髪をうるさそうに掻き上げます。

「何だ。そうか。私は今、そんな父と同じことを。同じ道を……歩もうとしているのか」

苦い表情で笑う旦那様に、何とお声をかければいいのか分かりません。

重い息を一つ吐くと旦那様は私を見ました。

「リゼット。結婚式に一人にして君の尊厳を傷つけたこと、本当にすまなかった」

「旦那様……」

胸が詰まって何も言えずに見つめていると、雰囲気が暗くなったと感じたのでしょうか、旦那様ははっと表情を変えます。

「あ、いや。悪い。君の父君は褒めて子供の才能を伸ばす素晴らしい方なんだな」

私もまた場の雰囲気を変えようと、ふっと表情を緩めました。

「ふふふ……。旦那様、このお話には続きがありまして」

「え？」

苦い感情を含ませた笑みを浮かべる私に旦那様は眉を上げました。

「父は本当に嬉しい気持ちになって、好意からしてくださったのでしょうが、来客サロンにわたくしの初めての作品を飾られたのです」

その時のことを思い出して私は膨れっ面になります。

「わたくしとしては立派な絵画の横に拙《つたな》すぎる自分の作品を並べられ、子供心にさらし者にされたようでかなり衝撃でした。それからです、必死になって腕を磨いたのは。いえ、磨いてやると誓ったのは」

「――くっ。ははははっ！」

ふるふると拳を握る私に対して旦那様は一瞬声を詰まらせたかと思うと、高らかにお笑いになったので、びっくりしてしまいました。会話がここまで続いたことも初めてですし、旦那様の明るい笑顔を見たのも、高らかな笑い声を聞いたのも初めてのことだったのですから。

まじまじ見ていますと、旦那様は悪い悪いと言いながらも笑いを止められないようです。

そんな様子を見ていると怒る気にもなれず、むしろ私までおかしくなって笑顔になりました。

「君を負かすような人間がいたんだな。さすが父君だ。愛が深いゆえの手厳しい教育だったというわけか」

「ええ。ご本人にはそんなつもりはなかったのでしょうけれど」

旦那様がようやく笑いを抑えながらも残る笑顔でそうおっしゃるので、私は肩をすくめました。

「しかしまあ……。その技術がこんな風に生かされるとはな」

「はい。大いに役に立っております。これもすべてお父様の――父のおかげです。まさに芸は身を助く、ですね」

「それはまいったな」

得意げに答えてみせると、旦那様は苦笑いしました。

お茶をご一緒した後の夕食も共にすることになり、いろいろ質問をしてこられますが、若干、偵察されている印象も受けます。

それでも和やかに食事をすることができたのではないでしょうか。


そして夜。

また旦那様は血相を変えて私の部屋に駆け込んできました。

「おい！　寝室に茶色の蛾が舞っていたぞ！　君の仕業か！」

「まあ。蛾が舞っているだなんて。作り物ですのに、旦那様は詩的なことをおっしゃるのですね」

「あれは君の作った物だったのか!?」

よくご覧にならず、蛾のように――いいえ、旦那様は美しい蝶ですね――蝶のように飛んで、すぐにここに舞い戻ってこられたのですね。

「ええ。侍女の皆さんと一緒にフェルトで作りましたの」

基本の型紙は私が作りましたが、出来上がりは一人ひとり個性が出た形になっているから面白いものです。

「しかし確かに動いていたぞ。どうなっているんだ」

「よくぞ聞いてくださいました。それはですね」

私は鼻高々に語り始めます。

「くす玉という、紐を引くと割れる仕組みの玉の中にいくつもの蛾の作り物を潜ませ、その紐を寝室側のノブに引っかけました。扉が開かれ紐が引っ張られると、玉が割れてその中から蛾が落ちてきて目の前に現れるという寸法です」

初見では本当にたくさんの蛾が辺りに飛び回っているように見えたことでしょう。

「これは東洋の文化に詳しい侍女さんのアイディアなのですよ」

知識は武器となりますね。

「ちなみに本日の蛾さんは、この子が成長した姿です」

サイドテーブルに置いた、作成途中の毒虫を刺繍《ししゅう》したシーツを指しながらお答えします。

「きょ……今日の仕掛けは、私が邪魔したから未完成に終わったのではなかったのか⁉」

「あら。勘違いなさっていますわ。本日の刺繍《ししゅう》は明日の分を作っておりましたの。……ああ、残念ですわ。この刺繍《ししゅう》はお蔵入りですわね」

澄《す》まし顔で答えると旦那様はぐっと絶句されたので、私は噴き出してしまいました。

◆◆◆

「では行ってくる」

鞄をオーランドから受け取ると彼に背を向ける。

「はい。お気をつけて行ってらっしゃいませ」

朝の見送りはオーランドたった一人だ。私がそう望んだ。望んだわけだが……

今日は朝食も一緒ではなかったし、まだリゼットは起きていないのだろうか。オーランドによれば彼女は早起きが苦手らしいが、そろそろ朝食を取るために起きてもおかしくない時間ではないか？

一度は扉へと足を向けたが、思わず振り返って二階に続く階段へ視線を上げる。

しかし目に入るのは階段に敷かれた赤い絨毯《じゅうたん》と、磨き上げられて光沢が出ている手すりだけだ。

そこには人っ子一人いない。

「どなたかをお探しでしょうか」

「っ！　まさか！　忘れ物はなかったかと少し不安になっただけだ」

オーランドに尋ねられてとっさにつまらない言い訳をしてしまう。

「さようでございましたか。失礼いたしました。ですが問題ございません。私が万全に準備いたしましたので、どうぞ安心して行ってらっしゃいませ」

「……何だか私を家から追い出そうとしていないか？」

「とんでもないことでございます。旦那様こそお時間は大丈夫でしょうか」

時間を引き延ばそうとしているのを暗に揶揄されたようで、私はため息を一つ落とした。

「そうだな。では後のことは頼む」

「かしこまりました」

リゼットの気配どころか侍女たちの気配すら感じない玄関の様子に諦めて、私は足を前に進めた。

「おはようございます、レオナルド様！」

「……ニコラスはいつも元気だな」

職場に着くなりニコラスに無駄に明るい笑顔を向けられて、自分の顔が引きつるのが分かる。

「何ですか？　レオナルド様はお元気ではない？　最近、顔色も機嫌も良さそうに見えますけどね」

「機嫌が良さそうというのは何だ。――しかし、そういえば体と言うか気持ちは軽い気がするな」

仕事にばかり向かっていた意識が、リゼットのほうにも向いているせいなのだろうか。

「ああ、いや。妻に手を焼いているのは相変わらずだがな」

「ほうほう。何ですか何ですか。やはり奥様のほうが一枚も二枚も上手でいらっしゃるんですか」

「だから他人のことなのに、何でお前はそう前のめりになるんだ」

私の机の前に立ち身を乗り出してくるニコラスに苦笑しながら、自分の席に腰かけた。

「え？　そりゃあ、俺って困っている人を見過ごせない質《たち》じゃないっすかー？」

「困っている私を見逃したくない、の間違いだろ」

「はい、まさにおっしゃる通りです！」

「正直者すぎるだろ、お前！」

片手を握って元気よく返答する彼を見上げて、びしりと指摘を入れた。

「まあまあ。それよりも奥様の悪戯《いたずら》はまだ終わっていないんですか？」

「言葉は正確に使え。嫌がらせだ」

「悪戯《いたずら》ですよ、可愛い悪戯《いたずら》」

「可愛い悪戯《いたずら》なわけがあるか。昨日なんて寝室を開けたら、たくさんの蛾が目の前を舞ったんだぞ」

いつもオーランドが前もって寝室にランプを灯してくれていることが裏目に出て、はっきりと見えてしまった。おそらく夕食時に部屋を空けたところで侍女たちが仕掛けを施したのだろう。

「へっ⁉　奥様、本物の蛾まで捕まえて部屋に放ったんですか⁉」

「ああ、いや。それが」

昨夜リゼットから聞いた仕掛けをニコラスに説明する。

扉を開けるなり目の前にたくさんの蛾が飛んでいる（ように見えた）のが目に入った時は、それが作り物かどうか確認することもなく、気付くと部屋を飛び出していた。彼女の部屋に向かっている最中は、私も彼女がとうとう本物の虫まで放ったのかと考えていたものだ。

「へぇ！　すごく凝《こ》っていますね。何かレオナルド様の家、結束力があっていいなあ。めちゃくちゃ楽しそう。いいなあ。俺もレオナルド様に嫌がらせしたい」

「感心するな、羨ましがるな、本音をもらすな！」

「冗談っすよ、冗談。それにしても奥様、可愛いですね。レオナルド様も旦那冥利に尽きるじゃないですか」

「いや。まったく意味が分からん」

冷たい視線をニコラスに送ると、彼は「これだもんな」と苦笑いした。

「お帰りなさいませ、旦那様」

「ああ」

いつものごとくオーランドに鞄を渡す。

今日は少し遅くなってしまったが彼女はすでに食事を取ったのだろうか。

「リゼットはもう夕食を取ったのか？」

「――あ、はい。もう本日は召し上がりました」

一拍置いて返事があった。どうやらオーランドはいつもと違う私の言葉に驚いたようだ。私も自分の口から出た言葉に少なからず動揺し、ごまかすために咳払いした。

「昨日はどうやら夕食時に仕掛けられたようだからな。最近は寝室狙いらしい。注意を怠るな」

「承知いたしました」

昼間もオーランドが見回りをしてくれているとは思うが、この状況は不公平なぐらい不利だ。侍女を味方にできなかった私の失敗とも言えるが……。こちらがよほどの強硬手段を取らない限り、侍女らに命じたところで従わないだろうし、そこまでするのはおとなげない。と言うか、情けない。

……ああ。そんなことを考えていたらいつの間にか自室に着いてしまった。

自分の部屋なのに身構えてしまう。

「オーランドは寝室をチェックしておいてくれ」

隣のリゼットの寝室の扉を一瞥《いちべつ》して通り過ぎ、自分の寝室の扉の前でオーランドを止めると彼に指示を出す。

「かしこまりました」

私は自分の寝室の前を通り過ぎて、自分の居室の扉の前までやって来た。

何があっても動揺しない強い心が必要だ。何か仕掛けられていたとしても、しょせん作り物なのだから。

軽く深呼吸して扉ノブに手をかけると一気に開放する。だが、勢いをつけた割には拍子抜けするほど何も起こらなかった。やはり仕掛けられているとしたら寝室のほうなのか。

ほっと胸を撫でおろしつつ、しかしどこか物足りなさも感じて――いや、感じるわけがない、単に気が抜けただけだ。

心の中なのに誰に言い訳しているのか、苦笑いしながらジャケットを脱いで、ジャボを取り外す。手早く終えると次は靴だ。自室では堅苦しい靴を脱ぎ捨て、柔らかい素材の室内履きに履き替えるのだ…………が。

私はその室内履きを手に取ると部屋を出て、リゼットの居室の扉を勢いよく開け放つことになる。

「リゼット！」

「旦那様、お帰りなさいませ。お疲れさまでございました」

リゼットは椅子に座って本を読んでいたようだ。今度は一体どんな本を見ているのやら。

彼女は私の姿を確認すると立ち上がり、しずしずと礼を取った。私の行動は当然ながら想定済みなのだろう。唇には悪戯《いたずら》な笑みが浮かんでいる。

「ああ。それで？　単刀直入に聞こう。これは何だ？」

私は睨《にら》みつけるように目を細めながらながら、手に持ったそれを上下に揺らして見せた。

「まあ！　旦那様、ご覧になりまして？　お可愛らしいこと。ウサギが楽しそうにぴょんぴょんと跳びはねておりますわ」

彼女は手のひらを向けて、私の手に持つものを指し示す。

そう。私が普段使っていた室内履きは、つま先に鼻と黒い瞳、そして一番の特徴である長い耳が取り付けられたウサギを模した履物へとすり替えられていた。本日の嫌がらせ、いや、ニコラスが言う可愛い悪戯《いたずら》とやらはこれらしい。そして今、上下に振ったことで不覚にもウサギの動きを再現してしまったようだ。

「これは君の仕業だろう」

私は返答せず、履物を持ったままで不愉快さを見せるように腕を組んでみせた。

「ええ。お気に召していただけたでしょうか」

「当然ながらまったくお気に召していないな。私の室内履きはどこだ？　私がわざわざ出向いてやったのだから、さあ、大人しく返してもらおうか」

「あら。返せだなんて。まるでわたくしが盗んだみたいで何だか人聞きの悪いお言葉ですわ。そもそも旦那様が手に持っていらっしゃるではありませんか」

ああ、なるほど。すり替えたわけではなく、この室内履きに直接装飾したか。大丈夫。私とてそれぐらいは想定内だ。

それでも自分のこめかみがぴくりと動いたのを感じた。

「分かった。もういい。では君の室内履きを代わりに渡してもらおうか」

外履きの靴は足型を取って一人ひとりに合わせているので他の人のものは代わりにならないが、室内履きは窮屈な靴から足を解放させるためにゆとりのある大きさに作られている。彼女が使っているものでも合うはずだ。

「え？」

今履いているものを代わりに寄越せと言われるとはさすがに思わなかったのだろう、目を見開いて驚きの表情を浮かべた。――かと思われたが、彼女はすぐに一歩前に出ると両手で上品にスカートを持ち上げる。

「なっ!?」

スカートが上がってお目見えしたものは、尖った耳と細い目、黒い鼻、おまけに尻尾が足にまとうように付けられたキツネの履物だった。

「旦那様がキツネ派だったとは存じませんでしたわ」

そう言って彼女はにっこりと笑った。

……やはり彼女のほうが一枚も二枚も上手らしい。

◆◆◆

この数日間、妻との攻防戦（こちらが全敗）が続く中。

「おはようございます。レオナルド様、今日は一段とご機嫌ですね。何かいいことでもあったんですか」

机の前に立つニコラスが、にこにこと笑みを浮かべながら尋ねてきた。

「分かるか。昨夜はとうとう私が勝利したんだ」

「え？　誰と何の勝負ですか？」

「もちろん妻だ。昨夜は私への悪戯《いたずら》が不発に終わったんだ！」

「……は？」

拳を握る私に対して彼は不可解な表情を浮かべるばかりだ。

これまで散々話してきたと言うのに、察しの悪いやつだ。

「だから、妻がいつも私の部屋に悪戯《いたずら》を仕掛けていると言っているだろう。それを阻止した。ここのところ、早く帰宅して彼女が作品を完成させるのを邪魔していたからな。それがついに実を結んだというわけだ」

「はぁ。勝負って……。いつから勝負になったんですか。でもまあ、良かったじゃないっすか」

「何を気のない返事をしているんだ。私の勝利をもっと喜べ」

いや俺が喜ぶものでもないんですが、とニコラスはぶつぶつ呟いていたが、はっと表情を変えた。

「ああ、でも奥様って、生真面目な方なんですね」

「は？　いきなり何でそんな話になる？　前にも言ったが、私のほうが圧倒的に不利なんだぞ」

「だってもし奥様が忙しかったとしても、侍女の方々に任せたらいいだけじゃないですか。今回不発に終わったというのならば、奥様は自分の手が入っていない悪戯《いたずら》はしないとご自身の中で決められているんじゃないですか？」

「……あ」

言われてみれば確かにそうだ。味方の多い彼女は人に任せることだってできる。しかしそうはしなかった。

「だが、なぜ彼女はそんなことを？　私と真正面から正々堂々と戦いたいからか？」

ニコラスに疑問をぶつけてみると、彼は大きくため息をついた。

「そういうことはご自分の頭で考えてくださいよ。いいえ。これはレオナルド様が考えなきゃいけないことです」

「うーん。……分からん」

少し考えてみて素直な言葉を口にしたらニコラスに呆れられた。

「それで、昨夜は奥様とはお話しされなかったんですか？」

「何を言っている。勝利宣言をしたに決まっているだろう」

初めての勝利だ。敗者となった彼女の表情を確認しなければならないだろう、当然。

「そうですか。……やっぱりレオナルド様、うん、お馬鹿になったな。実は戦いに勝って勝負に負けている立場なんだってことに気付いていないし」

「え？」

「いえいえ。それで奥様は何と？」

私は昨日の彼女の様子を思い出し、一転してため息をつく。

彼女の部屋を訪れた私に驚いてはいたが、悔しがっている様子はなかった。私に敗北したのにむしろ笑顔だった。正直、拍子抜けした。

「彼女は悔しそうではなかった。何だかムキになっている私が馬鹿みたいだろ」

「そうっすね」

「そこは即座に否定しろ。すぐさまだ」

机を指でとんとんと叩いて命令する。

「我儘《わがまま》だなあ。でもしない」

上司の命令に逆らう部下を軽く睨《にら》みつけたが、彼は話を変えるように、あれ？　と言って首を傾げた。

「ところでその胸元のジャボですけど」

「お前な……。またか。今日は引っかからないぞ」

ニコラスにまでからかわれてたまるか。腕を組むと椅子の背に身を任せた。

「え？　あ、いえ。ユニコーンは家紋でしたっけ？　それにしては目が大きくキラキラしていて可愛いっすけど」

「は⁉」

椅子から身を起こして慌てて見ると、ひだで隠れるような所にこっそりとユニコーンの姿が刺《し》繍《しゅう》されている。

純白で気高い一角獣の美しい姿ならまだいい。

しかしそこに刺繍されているのはニコラスの言う通り、色鮮やかで全体的に丸みを帯び、目を大きくして可愛さを全面に押し出した子供が好みそうなものだ。

「っ！　……やられた」

危うくこれを一日身に着けているところだった。あ、いや。何人かすれ違ったが、気付かなかっただろうか。そういえば、立ち止まって二度見していた人間もいたような。

ん？　待てよ。今朝、オーランドもそっと目をそらしていたような気が。

「また一本取られましたねー。結局、全敗記録更新じゃないですか？」

「……だな」

「あははは！　それで？　早く帰るのはもうおしまいにするんですか」

「そんなわけがないだろう。一番効果的なんだぞ？」

私はジャボを外しながら言った。

取り外し可能なものに小さく刺繍《ししゅう》しているのは、せめてもの慈悲だろうか。あるいは時間がなくて小さくなっただけなのか。

「だったら良かった。俺も早く帰ることについては諸手を挙げて賛成しますよ。レオナルド様は、仕事は早ければ早いほうがいいと思っているかもしれませんが、もっと肩の力を抜くべきです。それを他の人間にも押しつけていて皆、迷惑していたんですからね」

「偉そうだな」

ニコラスは仮にも上司に対して忌憚《きたん》なく言いすぎではないか？

今度は本格的に腕を組み、眉をつり上げて彼を睨《にら》みつけてみる。

「事実ですよ。レオナルド様の周りの人間は皆、ピリピリしていましたからね。だけど最近は角が取れて丸くなりましたし、精神的に落ち着いているから周りの雰囲気も良くなっているんですよ。ご自分で気付きません？」

「そういえば」

部下のミスが少なくなって仕事が効率的に進んでいるし、苛立ちを覚えることが少なくなった気がする。

「人の上に立つ人間はもっと周りを見て、かつ、ゆったりと心と時間に余裕を持っていなければ」

ここぞとばかりに諭されてむっとするが、確かに気の休まるところがなかったかもしれない。心身共に安定していなければ、今後、大きなミスを引き起こすことにもなりかねない。

「……分かった。善処する」

「やっぱり奥様、ナイスです！」

ニコラスは手を叩きながら口笛を吹いた。

「なぜ妻が関係あるんだ」

「だってレオナルド様の心の変化があったのは、明らかにご結婚なさってからでしょ」

「いや、まあ。心の変化と言うか、心を乱されたということはあるが……」

確かに家でのリゼットの手の込んだ悪戯《いたずら》に気を取られるあまり、肩の力が抜けたような気がする。

そのおかげか、自身が他人に対して寛容になった気がしなくもない。

――いや。私が周りの者を急《せ》かして締めつけるあまり、ミスを誘発してしまっていたのか。そしてそれに対してまた私が苛立つという悪循環に陥っていたのかもしれない。

となると、やはり。

「妻のおかげ、なのか？」

「そうですよ。奥様に感謝してくださいね！」

ニコラスにそう強く言われるとそんな気もしてきたが。

私は眉根を寄せる。

「しかし感謝とは？　礼を言えばいいのか？」

「そうですねぇ。俺も分かりませんけど、花束でも買って帰れば良いんじゃないですか。花をもらって怒る女性もいないでしょう」

「なぜ私が妻にそこまで気を遣わなければならないんだ。話にならないな」

はっと笑って、すげなく彼の案を却下した。


「お帰りなさいませ、旦那様。あの……そのお花は」

……買ってしまった。しかもどの花が好きなのか分からないから手当り次第入れてもらって、片腕で抱えきれないほどの大きな花束になってしまった。

戸惑っているオーランドを見ると、少し気まずい。思わず目をそらす。

「ああ、その彼女……妻。リゼットに」

「そうでしたか」

オーランドから視線をそらしてはいるが、声からして微笑ましく思っているのだろうなとは察してしまう。そしてそんな様子を珍しくも思う。

彼に視線を戻すと予想通り、穏やかな表情を浮かべていた。

いつからだっただろうか。冷たい家庭の中で唯一寄り添ってくれていた彼が、あまり笑わなくなったのは。それはもしかしたら私が原因なのかもしれない。

「奥様はとてもお喜びになると思います」

血の通った温かみのあるオーランドの声に我に返る。

「そう、か？　その、リゼットは？」

「本日はまだサロンにいらっしゃいます」

「分かった。では先にそちらに行く。――は、花が重いからな！」

照れを隠すためにそう言うと、彼は承知いたしましたといつもと変わらぬ落ち着いた物腰で頷いた。

さすが非の打ち所のない侍従長と言ったところか。

だから私がサロンへと足を進めた数歩後に、こらえきれず噴き出したような声がもれたことは気のせい……だと思いたい。

◇◇◇

最近は旦那様が早く帰ってきてしまって、旦那様への悪戯《いたずら》作品を仕上げることができません。

私は一つため息をつきました。

可愛い（？）悪戯《いたずら》は、旦那様の気を引き私のもとへ足を向けさせてくれ、共通の話題がなくても旦那様とお話しするきっかけになっているのです。そしてそれがとても楽しくて居室に戻る旦那様を引き止めたくなっている自分がいます。

けれどよくよく考えてみれば、顔も合わせたくないお飾りの妻に、自らの意思で会いに来させてやろうではないかと対抗意識で始めたこと。いつの間にか本来の目的を見失っていた気がします。

とはいえ旦那様が私の話を聞いてくださり、また徐々にご自分のことを話してくださるようになって家庭環境やご事情、お気持ちを知ることができると、今私が旦那様にしていることに対して迷いが出てきてしまいます。

仕事でお疲れの旦那様にとって、私の行為は迷惑この上ないこと。これ以上、お心を乱すようなことをしないほうがいいのかもしれないと、手が止まってしまうのです。

それにこれまで気合いだけでやって来ましたが、さすがに手も首も肩も、背中も腰も……つまり全身、そろそろ限界です。侍女さんたちにも普段のお仕事以上にご負担をかけていることも申し訳なさを感じます。

私は大きくため息をつきました。

「奥様、どうかされましたか？　お疲れですか？　ずっと根を詰めてやっていらっしゃいますから、疲れますよね」

いつも私の側に寄り添ってくれるアンヌさんが気遣って声をかけてくれました。

「ええ。疲れもあるのですが、お手伝いしていただいている皆さんにご迷惑をおかけしているなと思いまして」

「それは気になさることではありませんよ。皆、楽しんでやっていますし、生き生きとしているくらいです。雰囲気がとても明るくなりましたから、奥様がこの屋敷に来てくださってよかったわねと話をしているのです。何もかも奥様のおかげです。ありがとうございます」

助けられているのは私のほうなのに、アンヌさんのお言葉と皆さんのお心にじんわりとしてしまいます。

「い、いいえ。こちらこそ本当にありがとうございます」

「とんでもないことでございます。……ですが奥様。それ以外にもまだ、何かご不安がおありですね？」

少し戸惑ってしまいました。私を手伝ってくださっているのにこんなことを思うのは悪いのではないかと。けれど、彼女は観察眼のある方です。おそらく私の気持ちも察していたのでしょう。優しげな笑顔で思うことを何でもおっしゃってくださいと促してくれました。

「あ、その……旦那様、怒っていらっしゃらないかと思いまして」

「ああ。それも大丈夫ですよ」

なぜか自信たっぷりに即答したアンヌさんに私は目を丸くします。

「なぜ？」

「旦那様も最近はとても楽しそうですから。奥様がいらっしゃる以前はこーんな目をしていましたよ」

彼女は目を細めて死んだ魚のような目をしてみせました。

思わずぷっと笑っていたところ。

――コンコン。

ノック音が聞こえてアンヌさんが応対し、私に笑顔を向けた後、扉を開きました。

旦那様の顔が見えたので、私はテーブルに棒針を置いて立ち上がり、礼を取ります。

「お帰りなさいませ、旦那様。お疲れさまでした」

「ああ」

顔を上げて改めて旦那様を見ますと、屋敷に飾るのに買って来たのでしょうか、とても大きな花束を抱えてこちらにやって来ました。

高身長で端整な顔立ちの旦那様は大きな花束を持っても様になっています。

「リゼット」

「はい。何でしょう」

「……その」

一瞬だけ私から視線をそらしましたが、すぐに旦那様は私を見ました。

「たまたま通りかかった花屋の店主が、花が売れ残ったなどと嘆くものだからな。生花だしそのまま捨てられるのもなんだと思って、買ってきた。――うん、そうだ。そういうことだ」

なぜかご自分に言い聞かせるようにおっしゃっています。

「そうですか。旦那様はお優しいのですね」

「え？　優しい？」

面食らったご様子の旦那様ですが、そこまで私は変なことを言ったでしょうか。

「あの？」

「いや。その。それはともかくだ。……ほら。受け取れ」

「はい。承知いたしました。では、明日お屋敷に飾っておきますね。とても綺麗なお花ですから、玄関でも良さそうですね。それともサロンにしましょうか」

食堂のテーブルの上でも場を華やかにしていいかもしれません。

そう考えていると、花束を渡そうとしていた旦那様はぴたりと動きを止めました。

「あの？　旦那様？」

私もまた受け取ろうとした腕がそのままの形で止まってしまいます。

何だかお互いに間抜けな姿なので早くお渡しいただけると嬉しいのですが。

「……いや。その。君の……部屋に飾ればいい」

「え？」

旦那様は唸るように喉を鳴らしました。

「いつもは君が私の部屋に物を勝手に飾ってばかりだからな。たまには私が君の部屋に物を飾ってもいいだろう？」

「わ、わたくしに。わたくしに頂けるのですか？」

驚きの言葉にまじまじとお顔を見つめると、旦那様は忙しなく頷きます。

「あ、ああ。だから、早く受け取――」

「うれ……しい。本当に嬉しいです」

花束を受け取ると、想像以上にずしりと腕に重みがかかりました。

旦那様はお仕事帰りにこの重さを抱えて、私のために持ち帰ってくれたのですね。それだけで嬉しい気分になります。

さまざまな種類のお花がありますが、どんなお気持ちで選ばれたのでしょうか。色や香りが喧嘩することなく調和の取れた花束ですから、花屋さんにお任せだったのでしょうか。

いろいろ考えを巡らしながら目を半ば伏せると花束に顔をそっと寄せます。

「ありがとうございます。とてもいい香り。……ありがとうございます。旦那様」

「あ……ああ。じゃ、じゃあ後でな」

もう少しお話ししたいと思っていたのですが、旦那様はそれだけ言い残して身を翻《ひるがえ》すと、あっという間に部屋から去っていきました。

がっかりしましたが、後でということは夕食をご一緒できるということでしょうか。

「奥様。良かったですね！」

アンヌさんが私の側に戻ってきて、重みで腕が下がってきた私のために花束を支えてくださると一緒になって喜んでくださいます。

「ええ。嬉しい。本当に……嬉しい」

花束をそのままぎゅっと抱きしめたいところですが、潰れてしまうのでぐっと我慢です。

「だから私が言いましたでしょう。旦那様は怒っていらっしゃらないと。むしろ喜んでいると」

悪戯《いたずら》を仕掛けられていることを喜んではいないとは思うけれど、でもたとえ見切り品だとしても花束を私に贈ってくださったということは、怒っていないということでしょうか。

「そうね。怒ってはいらっしゃらな――」

と、そこで私は一つ思い出しました。

「あっ！　た、大変！　わたくし、今日、旦那様のお部屋に」

「あ……」

慌てつつも花束をそっとテーブルに置くと、アンヌさんと共に旦那様の部屋へと急ぎました――

が、間に合わず。

「わあぁぁぁっ!?」

部屋の中から旦那様の悲鳴が聞こえてきます。

「遅かったみたいですね」

「ええ……」

二人して入り口付近で会話していると、旦那様が部屋から飛び出してきました。

そこで私を見つけると旦那様は足を止め、目をつり上げます。

「リゼットォォッ！」

前言撤回。

やはり旦那様は怒っていらっしゃる、もとい、怒らせてしまったようです……

◆◆◆

「おはようございます。レオナルド様。……やっぱり突っ込んで聞いたほうがいいっすかね」

ニコラスは席に座る私の顔を見るなりそう言ってきた。

「どういう意味だ？」

「いや。何て言うか。まあ」

聞いてほしいんでしょと続け、顔を引きつらせながら彼は頬を掻く。

「うん、まあ。じゃあ聞いてあげましょう。昨日、奥様とはどうでしたか？」

そこで私は腕を組むと、机の前に立つ彼を睨《にら》んでやった。

「ニコラス。お前は礼に花束をと言ったが、部屋への悪戯《いたずら》は止まらなかったぞ」

昨日は居室から寝室へ続く扉の向こう側に、爪が剥がれた血みどろの指と血走った目の飾り付きの黒色レースを間仕切りのようにかけられていた。

扉を開けた途端、目と目が合って不覚にも声を上げてしまった。部屋に駆けつけていたリゼットと侍女に叫び声を聞かれてしまっただろう。いや。下手すると屋敷中の侍女に聞かれたかもしれない。……完全にやられた。

「昨日あれだけ俺に言い切っておいて、結局、花束買ったんすか。素直と言うか、いや、単純っすね」

「何だ？」

最後が聞き取れなくて尋ねたが、彼はいえいえと笑って首を振る。

まあ、良いことを言っていたわけではないだろう。

「ところで部屋への悪戯《いたずら》って、昨日のことでしょう？　まだ花束を渡す前に仕掛けてあったんじゃないんですか」

「ああ、それは分かっている」

私が花束を手渡した直後だからか、さすがに昨日のリゼットはしてやったりといった得意げな表情ではなくて、申し訳なさそうに小さくなって眉尻を下げていた。

「分かってるんかいっ！　じゃあ、仕方ないじゃないですか。それで？　奥様は花束をもらってどんなご様子だったんですか？」

「どうって……」

昨日のことを思い出す。

最初、リゼットは目を見開いて驚き、それから。あれを花開くようと言うのだろうか。とても嬉しそうに、ふわりと顔をほころばせて頬を赤らめた。その笑顔は――

「ほー。とても可愛かったんですか」

「ああ。可愛かった。………は？　今、何と？」

はたと我に返った。ニコラスにつられて何か変なことを口走ったような気がする。

「いや。レオナルド様がおっしゃったんですよ」

「私は言っていない。可愛いなどとは言っていない。言ったのはお前だ」

「言ってる言ってる」

からかうニコラスに、私は咳払いして威厳を取り戻そうとする。

「まあ、とにかくだ。花を渡して怒ってはいなかった」

「当たり前じゃないっすか。何で怒るんですか。普通に喜んでいたって言えばいいのに、レオナルド様は素直じゃないなぁ」

「うるさい。とにかく彼女は反省していた。だから……ほら」

机の上にリゼットからもらった物を取り出して置くと、彼はそれを覗き込んだ。

「何ですか？　あ、ハンカチですか。二頭の獅子と王冠が刺繍《ししゅう》されている。あれ？　これって」

「ああ。うちの紋章だ」

正確には中央の盾の上に王冠が、その両脇で獅子が守護している絵だ。

「そうですよね。紋章はこれでしたね。奥様が刺繍《ししゅう》したユニコーンも可愛くていいですけど——はいはい。こちらのほうがいいですよ」

私からの冷たい視線を感じたのだろう。彼は肩をすくめた。

「それにしてもすごく凝《こ》ったデザインだから職人さんは大変ですねー。それでこれが何か？」

「だからリゼットが、妻が作って私に贈ってくれた」

「ああ、なるほど。そっ――え!?」

一度私の顔を見たニコラスは確認のためか、また視線を落とす。

「すごいな。手芸が得意だとは聞いていましたけど、もはやこれ職人技ですよ。これを職にできるぐらいじゃないですか？」

「そうだな。しかも一晩で仕上げたらしい」

色も黒一色ではなく何種類もの糸を使って正確に再現している。

黒一色で表現することのほうが難しいのか、あるいは彼女なりの誠意を見せるために精一杯頑張ったのかは、刺繍《ししゅう》をしない私には分からない。だが、いつもの覇気を感じない今朝の彼女の様子から、相当大変な作業だったのだろうということだけは分かる。

「はあ!?　小さいとは言え、これを――いてっ！」

手に取って確認しようとしたニコラスの手をはたき落とし、私はハンカチを取り上げた。

私のためにと作られた彼女の刺繍《ししゅう》を他の者に触れられたくはない。

「触るな」

「もう。口で言ってくださいよ」

彼は自分の手の甲を撫でながら、子供っぽい口調で不満げに口を尖らせる。

「今言っただろう。これは悪戯《いたずら》への詫びと花束の礼だそうだ。ほぼ徹夜で仕上げたらしい。目の下にくまができていたし、疲労困憊の様子だった」

「へぇ。奥様、頑張ってえらいなあ。レオナルド様、良かったですね！」

「まあ……な。だが」

ふっと私は口元に笑みを浮かべた。

「私はそれだけでやすやすと許すほど簡単な人間ではない。だから主人が家にいない時にすべき女主人としての仕事を言いつけてやった」

「奥様、寝不足なのに悪魔っすか？」

「手芸をする時間もなくなるしな。一石二鳥だ」

「うわぁ。性格が悪いですね！　知っていたけど」

「……と思っていたが、なぜか喜ばれた」

自信ありげに話していたのだが、最後の最後で自分の言葉で肩を落とした。

「ああ、そっか。なるほど。奥様からすれば、家の中を任されるということはレオナルド様から妻として認められたわけだから、普通に嬉しいんじゃないですか？」

「私に妻として認められることが嬉しい？　私は最初から彼女のことを妻だと思っている」

確かに今までは、何の事情も知らぬ者が下手に家のことに手を出して面倒を起こし、サルヴェール侯爵家の名を汚されては困るから、何もさせないようにしていたが。

意味が分からずに首を傾げると、ニコラスははぁとため息をついて苦笑いした。

「分かっていないな。これだからレオナルド様って、奥様に対しては頭が回らなくなって言動が裏目に出るんだから。ある種の才能を感じる。いや、奥様のほうが人を手のひらで転がす才能があるのかな？」

「失礼な」

思わずむっと眉根を寄せる。

「お前はリゼットを見たことがないだろう。彼女はそんなタイプじゃない」

確かに自分が考えていた以上に聡明で口達者なところはあるが、人をいいように操ったりするような人間ではない。悪戯《いたずら》好きは確かだが、いつも穏やかに笑みを浮かべて私を迎えてくれている。魔性の女のように思われるのは納得がいかない。

「うわぁ。もうすっかり手中に落ちているっすね。やっぱり奥様、最強」

ニコラスは何やらぼそぼそと呟いて笑った。

◇◇◇

「奥様、こちらに新たに届きましたお祝い状と贈り物を置かせていただきますね」

「はい。ありがとうございます」

ちょうど結婚のことが広報されるタイミングもあったのかもしれませんが、旦那様からサルヴェール家の侯爵夫人としての仕事を言い渡されるようになりました。我が家に届く結婚のお祝いの返礼もその一つです。

まだ公の場で私たちのお披露目はおこなっていないのですが、サルヴェール侯爵の結婚が広く知られるようになると、続々とお祝い状や贈り物がやってきました。ですから私はそれらのすべてを確認し、お礼状を一つひとつ仕上げていきます。

手芸にも疲れていましたが、書いても書いても終わる気配のない多くのお礼状を書くのも単純作業ながらなかなか疲れるものです。

それに伴って悪戯《いたずら》作品を毎日一つ作り上げることが難しくなってしまいましたが、たとえ私への妨害だったとしても家での仕事を任されるということは、旦那様からの信頼を少しずつでも得ることができているのではないかと思い、嬉しくなります。

侍女の方々は当初から私の味方になってくださいましたが、女主人としての役割をきちんと果たすようになってからは侍従長のオーランドさんの態度がさらに軟化してきて、私を認めてくださるようになったというのも嬉しいことです。

そしてもう一つ変わったことは。

「ふっ。今日も作品を仕上げられなかったようだな」

旦那様が悪戯《いたずら》作品を仕上げられなかった日も含め、毎日、私の部屋を訪れるようになったことです。それだけではなく。

「お帰りなさいませ、旦那様」

「ああ。今日は遅くなった」

本日は久々に旦那様のお帰りが遅く、夕食を一人寂しく取っていました。けれど帰って来られた旦那様は、ご自分の寝室と私の寝室を繋ぐ扉を開けて訪れました。

私は本を手にベッドに入っています。

「お仕事、遅くまでお疲れさまでした」

ベッドから下りようとしましたが、旦那様がそのままでいいとおっしゃったので、ベッドの上から失礼してご挨拶します。

「君も続々と届く祝い状の返礼で大変だと聞いている。その……ご苦労」

「あ、ありがとうございます」

まさか旦那様が私のことを気にかけてくださるとは。

「……いや」

笑顔でお礼を申し上げると旦那様は少し視線を外しました。

視線をそらすのは旦那様の照れ隠しなのでしょう。最近それが分かってきました。

「旦那様、お食事は」

「さっきもう済ませた」

「そうでしたか」

まだ眠っておりませんでしたし、お出迎えに上がってもよいのですが、最初に旦那様がお出迎えは必要ないとおっしゃったわけですし、行ったら負けのような気がします。

旦那様がどうしてもとおっしゃるのならば、お出迎えしてさしあげてもよいのですが。……そんな私は、やはり頑固者でしょうか。

「ああ。だからもう休む。君もいつまで起きているつもりだ？　さっさと寝るぞ」

「あ、はい……」

旦那様はそう言って私のベッドに入ってきました。

最初は旦那様のベッドシーツに虫の刺繍《ししゅう》を施したり、虫の形の枕カバーを作ったりした時のみだったのですが、なぜか最近は何もしていない時でもやって来ては私と一緒に眠るようになったのです。いわゆる夫婦としての夜の営みはありませんが。

もしや旦那様の寝室に虫たちを登場させすぎて、トラウマを植えつけてしまったのでしょうか。

少しだけ反省しています。なぜなら私も虫の図鑑を開いて参考にする時は、鳥肌を立て、背筋をぞくぞくさせながら泣く泣く刺繍《ししゅう》しているのですから、心のダメージの受け具合はおあいこかなと。

「おい。もうランプを消していいか？」

「あ、はい」

ぼんやり考えていた私でしたが、旦那様のお声ではっと我に返りました。

旦那様は私の手から本を取り上げるとサイドテーブルに置きます。

「リゼット、そんな端で眠ったらベッドから落ちるぞ。もっとこっちに寄れ。……いや、落ちることはないか。いつも落とされるのは私だ」

旦那様は端に体を寄せる私を少々遠い目で見ました。

私は遠慮がちにベッドの端で眠っているのですが、朝起きると必ずといっていいほど旦那様のすぐ側にいて、起きがけに驚いてしまって旦那様を蹴落《けお》としてしまうことがあります。

旦那様が言うには私の寝相が悪く、ごろごろと近づいてきては旦那様を抱きかかえているのだと。朝、蹴落《けお》としてしまうのは驚いているからで、私自身はそこまで寝相が悪いとは思いません。そんなはしたないことをするとも思えないので、旦那様が私を動揺させるために嘘をついていらっしゃるのではと最近疑っています。

「お休みなさいませ、旦那様」

「ああ。蹴飛ばすなよ」

「もちろんですわ。旦那様を蹴飛ばすだなんて、どなたがそのような酷いことを。とんでもないことでございますわ」

「どの口が言う」

しらっとした表情を浮かべる旦那様は、腕を伸ばすと何気ない動作で私の唇を指でつまんで引っ張りましたが、私はどきりとして固まってしまいました。

旦那様もまたご自分の行動に戸惑ってしまわれたようで、気まずそうに離すと、サイドテーブルに置いてあるランプに視線を向けて手を伸ばしました。

「……じゃあ、ランプを消すぞ」

「はい。旦那様、お休みなさい」

「ああ。お休み――リゼット」

最後は少しだけ甘い声になった気がして、ランプが消されて暗くなったにもかかわらず、恥ずかしくなった私はシーツを引き寄せて頭まで被ります。

「おい。シーツを顔まで引き上げるな。私まで顔にかかるだろう」

「あ。失礼いたしました」

仕方なく私はシーツに潜り込みました。


「リゼット」

旦那様が私を起こさぬよう、けれど気付いてほしいように私の名前を穏やかに呼びました。

旦那様の上品な香りと温もりで包み込まれ、髪をやさしく梳かれているようです。まるで大事な宝物を扱うようにそっと触れられているような……

ですが現実の旦那様にはこのように抱かれたことはありません。

だからこれはきっと夢なのでしょう。けれどたとえ夢だとしても、旦那様が労《いたわ》るように優しく抱いてくださるのは幸せに思います。

思わず抱きしめ返すと旦那様の体が硬直したように感じました。

夢なのにつれないのですね。むっとしたところで、意識が浮上してきてしまいました。ああ、もしかしてもう朝なのでしょうか。

ぼんやりした頭で重い瞼を上げると。

「おはよう」

旦那様のご尊顔がすぐそこにありました。

「――きゃあぁぁぁっっ!?」

私は一気に覚醒し、無意識の中で手と足が出たかと思うと旦那様の姿が目の前から消えます。

あら、何だ。やっぱり夢だったのかしら。

……と、現実逃避したかったのですが。

「いいかげん、そろそろ慣れろ」

ベッドの下から旦那様の不機嫌そうな声が聞こえました。

「お、おはようございます。旦那様」

やれやれと身を起こして立ち上がった旦那様に、ベッドの上から愛想笑いを向けます。

「本日も蹴落《けお》としてしまい、誠に申し訳ありませんでした」

「ああ。まったく。君は眠っている時は子猫のようなのに、目が覚めるとネコ科の猛獣に変わるな。凶暴だ。手に負えない」

前髪を掻き上げながら、うんざりしたご様子ですが。

「お褒めくださって光栄にございます」

「褒めてたか？　今、私は褒めてたか？」

笑顔で応答したところ、旦那様は眉根を寄せます。

「ところで。旦那様はなぜ夜ここでお休みになるのですか？」

常々気になっていたことを聞いてみることにしました。

「……夫婦がベッドを共にして何が悪い」

「それはそうですが」

ただ横で眠るだけなのに、ベッドを共にする意味があるのでしょうか。あるいはそうおっしゃっているだけで、やはり虫に対してトラウマを抱いてしまい、ご自分のベッドで眠ることができなくなってしまったのでしょうか。ああ、そうですね。きっとそう。

私は我知らず、ふっと笑みをもらしてしまったようです。

「何だ、その笑いは」

「あ、いえ。言い訳なさってお可愛らしいなと思いまして」

「は？」

「やはり虫がお怖いのでしょう。分かりますわ。——ああ、何もおっしゃらないで」

口を挟もうとした旦那様を手で優しく制止します。

「大丈夫ですわ、旦那様。誰にだって苦手なものの一つや二つはありますもの。お気になさらなくても問題ないですよ」

「気にするなと言う顔ではないが？」

旦那様は面白くなさそうに腕を組んで片眉を上げます。

あら。もしかして私の唇からは笑みがまだこぼれているのでしょうか。

「それに勘違いするな」

そう言って旦那様はベッドに乗り上がると私に近づいてきました。

「私がここで休むのは、君に私を慣れさせてやろうと歩み寄っているからだ」

「慣れる？」

「ああ。今は横に寝ているだけで蹴落《けお》としにかかってくるからな」

私の顎を取って仰向けると、にっと唇を横に引きます。

「夫婦の関係を結ぶには君の心は未熟すぎるだろう？　だからこうして慣らしてやっているんだ」

夜、紡がれるような艶《つや》のある言葉に目をまん丸にして仰ぎ見ていると、旦那様の香りを近くに感じて胸がざわめきます。

笑みを消した旦那様が体温を感じるくらいまで接近してくると、不意にお顔が上へとそれて、そのまま私の額に口づけを落としました。

一瞬茫然《ぼうぜん》としましたが、額に落とされた熱が一気に広がって火が付いたかのように顔が熱くなります。とっさに頬を押さえてしまいました。

片や旦那様と言えば、逆襲が成功してさぞかし満足げな表情をしているのだろうと思いきや、私の反応が意外だったのか、目を見開いています。

「旦、那様？」

おそるおそるお声をかけると、旦那様は私から勢いよくばっと離れて背を向けました。

「私は仕事に出なければならないから朝食を取るぞ。君も早く準備しろ」

「……え。はい」

そのまま振り返らずに行ってしまいます。

つっけんどんなご様子ですが、旦那様の耳が赤く見えたのは気のせいでしょうか。

……ん？

反射的に返事をしましたが、なぜ出かける予定がない私まで早く朝の準備をしなければならないのでしょう。もしかして朝食を旦那様と一緒に取れということでしょうか。

私は額を手で押さえると微笑みました。

「おはようございます、奥様」

「アンヌさん、おはようございます」

旦那様と入れ替わるようにアンヌさんが部屋へと入ってきました。

朝の準備を手伝っていただき手早く着替えると次は髪です。彼女は器用で髪結いがとてもお得意なのですが、旦那様をお待たせしていますので、簡単な髪形にしていただきます。

「奥様。僭越《せんえつ》ながら申し上げます。――頬が緩みっぱなしですよ」

「あ、あら」

笑顔のアンヌさんに鏡越しにそう言われたので、私は頬をぺちぺちと叩いて顔を引き締めます。

「朝から何か良いことでもありましたか」

「い、良いことというほどのことでもありませんが。でも、お天気も良さそうですし、今日も良い一日になりそうですね」

「ええ。そうですね」

アンヌさんはそれ以上深追いせずにただ微笑みました。

「お待たせいたしました」

準備を終えて食堂に行きますと、旦那様はすでに席に座ってお茶を口にしていました。

テーブルには色艶《いろつや》美しく瑞々しい果物や作り立てのパンなどの朝食が用意されていますが、まだ手を付けていないようです。

「ああ。君も早く座れ」

「はい」

そう言って私を一瞥《いちべつ》すると、興味なさそうに食事を始めました。

私が来るまで待ってくださっていたとは言え、旦那様はまるでさっきのやり取りはなかったかのように、むしろ私の存在など気にしていないように会話もせず、冷静に召し上がっています。

さすが大人の男性といったところでしょうか。私は頬が緩みすぎて、ここに来るまでに頬を何度も両手で叩いて締め直していたというのに。

むっとしながら無作法にもお皿をフォークでつんつん突《つつ》いていますと。

「リゼット」

「あ、はい。何でしょう、旦那様」

名前を呼ばれてはっと顔を上げ、姿勢を正します。

テーブルマナーの悪さに気付かれて、たしなめられてしまうのでしょうか。

「何か嫌いなものでもあるのか？　それとも食欲がないのか？」

「え？」

「さっきから食が進んでいないようだが」

こちらを全然見ていないように思っていましたが、実は気にかけてくださっていたのですね。

また頬が変に緩みそうです。

「いいえ。大好きなものばかりです。食欲もあります」

にっこりと笑みを返すと、旦那様はきまり悪そうに視線をそっとお皿に落としました。

「そうか。じゃあ、さっさと食べろ」

ゆっくり食べてはいけないのでしょうか。いつもゆっくり食べさせていただいているのですが。

なぜですか、なぜ。

口には出しませんでしたが、私の強い視線を感じたのでしょう。耐えきれなくなった旦那様が、再び顔を上げてこちらに視線を向けます。

「私の見送りがあるだろう」

「え？」

思わず無遠慮に旦那様をまじまじと見つめてしまいました。

「……妻ならば仕事に出る夫を見送りするのは当然だろう」

「当然」

なるほど、なるほど。旦那様は私にお見送りしてほしいと、そういうわけなのですね。仕方がないですね。旦那様がそこまで懇願なさるのならば、行ってさしあげても構いませんよ。

「はい。承知いたしました。旦那様をお見送りいたします」

「ああ。――あと」

旦那様はごほんと咳払いします。

「その勝ち誇ったような顔は止めろ……」

目を細めながらそう言われ、私は再び緩んでしまった頬に両手を当てました。

◆◆◆

「ニコラス。うちの妻は……可愛い」

気付けば、自分の席に着いているニコラスをぼんやりと見ながら話していた。

「——は!?」

「え？」

目を見開くニコラスに、今、自分は何を口走っただろうかとはっと我に返った。ごまかすために慌ててペンを走らせる。

「いや。気にするな。空耳だ」

「何ですか何ですか。言ってくださいよ」

彼はにやにやしながら席から立ち上がり、私の前までやってくる。

「仕事しろ。仕事」

手を振って追い払おうとするが、彼は頑として動こうとはしない。

「レオナルド様が話を始めたんじゃないスか。話を止めないでくださいよ。それに俺、これまで散々レオナルド様の話を聞いてきてあげたでしょ。聞く権利ありますよ」

腕を組んで顎を突き出すそのふてぶてしい姿勢は、上司に向ける姿とは到底思えないのだが……

私以外なら首が飛ぶぞ？

「仕方ないな。そこまで聞きたいなら言おう」

本当はレオナルド様が言いたいだけでしょ、としっかり聞こえたが、聞こえなかったことにする。

ペンを置き、机の上で手を組む。

「妻はことごとく口答えするし、反抗的で不敵な笑みを向けるし、とにかく小生意気だし、それにあまりにも私の寝室を中心に悪戯《いたずら》を仕掛けてくるものだからそこで眠りづらくなってしまった。だから妻のベッドに行くんだが、寝相は悪いし、朝、起きがけに私を蹴落《けお》としてくる猛獣で手に負えないんだ」

私は組んだ手の上に額を乗せてため息をついた。

「……あれ？　俺、奥様との惚気《のろけ》話を聞かされる予定なんですよね？」

「そうだが？」

「いえ。何でも。引き続きどうぞ」

顔を上げた私にニコラスは、どうぞどうぞと私に手のひらを向けて話を促す。

「ああ。だが、私が初めて彼女の名を呼んだ時の嬉しそうな笑顔に目を奪われて」

「はあ。レオナルド様、名前も呼んでなかったんですか。この頑固者」

「ベッドの中で子猫のように私に身を寄せて眠る姿とか、彼女が私を包み込む安心できる温もりとか心地よくて」

「や。そんな生々しいのは勘弁してください！」

乗り気だった姿勢から一転、今度は断固拒否の姿勢を見せてきた。

「何が悲しくて上司の情事話を聞かなきゃいけないんスか。精神的苦痛による慰謝料か、業務外報奨金を要求しますよ」

彼が何か言っているがまったく耳に届かず、自分の話を続ける。

「何よりも――たかだか額にキスしただけで頬を真っ赤に染める姿が可愛くて。……参った」

売られた喧嘩を買っただけだったのに、ただ少しからかうつもりだったのに、彼女の驚いた表情と恥ずかしそうに頬を染めた顔を見たら何も言えなかった。だがその後、素知らぬ顔で朝食を共にしている彼女を見て、自分ばかり翻弄《ほんろう》されていることに苛立った。

でもそのときに私が声をかけたら嬉しそうに笑ったか。あ。いやいや。最後はまた勝ち誇ったように笑っていた。――何なんだ一体。

「それでも可愛かったぞ！」

机をゴンと叩き、痛みと音ではっと我に返った。

「ん？　私は今、何か言ったか？」

「無意識ですか？　まずいですねー。確実に発症していますよ、それ。恋の病です、恋の病。……あれ？　でも時系列おかしくないですか？」

ニコラスは顎に手を置いて首を傾げる。

「別におかしくないが」

「だって額にキスだけで頬を染めるってことは、夫婦関係は結んでおいて、キスはしてなかったってことでしょ!?　うわ、サイテーだ、この男サイテーだ。蹴飛ばされるのは当然ですよ！」

きゃんきゃんとうるさい男だな。妻の番犬か何かか？　まったく誰がこんなやつを採用したんだ。……あ、私か。

「手続き上の婚姻関係を結んだだけだ。寝室での夫婦関係は結んでいない。それどころではなかったからな――って、何で部下にこんなことを言っているんだ、私は」

「ああ、そうだったんですか。それなら納得。と言うか、レオナルド様ともあろうお方がね。そうですか、そうですか！　はっはっはーだ！　不甲斐ないっすね！」

教会に多額の寄付をしているし、上司に向かって高笑いする部下に一発ぐらいお見舞いしても罰は当たらないかもしれない。

そう思って拳を振り上げようとしたが、彼は素早い動作で身を引いた。

すばしっこいやつだ。危機管理能力に優れているとでも言っておこうか。

「暴力反対っすよ、レオナルド様！」

「当たり前だ。そんな野蛮なことを誰がするか」

私はため息をつくと拳を下ろす。

何より自分の拳が痛むのはごめんだ。

「さすが品格の高いレオナルド様！」

「まあな」

ニコラスは褒めそやすので、私は目を細めると唇に不敵な笑みを浮かべてやった。そして作った拳の親指を立てると首の前で横に引いてみせる。

「何せ私は指先一つでお前をいつでもクビにできる立場だからな。暴力など不要だ」

「うわあぁぁぁっ。レオナルド様、やっぱり最低っす！」

ニコラス相手ならこれほど簡単に勝利できるんだがな。

逆襲が見事に成功し、負け犬の遠吠えのようにわめく彼を見て苦笑した。


今日はまた遅くなってしまった。出迎えはオーランドのみだ。……オーランドのみか。

「リゼットは？」

「まだお休みではないと思いますが、お部屋に戻られています」

「そうか」

私はオーランドに鞄を渡しながら部屋へと向かう。

最近は彼女も忙しくて悪戯《いたずら》作品も作ることができていないようだが、本日は遅くなったことだし警戒だけはしておこう。

そう思いながら扉を開けた瞬間――私は彼女の部屋にすぐさま乗り込んだ。


「リゼット」

「お帰りなさいませ、旦那様。本日もお仕事、お疲れさまでした」

まだベッドに入っていなかったリゼットは笑顔で私を迎えてくれる。

思わずほだされそうになったが、まずは言うべきことは言わなければ。

「ああ。それよりこれだ」

私は手に持った物を彼女に見せつけた。

「ああ！　気付いてくださったのですね。もしかしてお気に召していただけましたか？」

「そういうことじゃない。部屋に入ってすぐの所に置いて、危うく踏むところだったじゃないか」

「え？」

私の言葉を聞いた彼女はきょとんとした表情に変わり、小首を傾げる。

「旦那様？　それはマットです。踏むものです。模様も至って普通のツタ模様ですが？」

「だが、これは君が刺繍《ししゅう》したものなのだろう？　だったら踏むわけには……いかないだろ」

彼女は驚いたように目を見開いてぱちぱちと瞬くと、頬を朱に染めて嬉しそうにふわりと顔をほころばせた。

……ああ。分かっている。私の負けだ。

◆◆◆

朝だ。

仕事に行かなければ――ではなく、今日は柄にもなく休みを取った。

正確には仕事が休みの日に普通に休んでみた、ということになる。せっかく休みを取ったのだからもっと眠っていればいいのだが、普段の習慣のせいか目覚めてしまった。

さて、それはともかくだ。この一日は何をして過ごせばいいのだろうか。

近頃は休み返上で働いていた（さすがにニコラスは休ませている）。いざ休むとなると何をすればいいのか分からない。昨日、ニコラスに休日は何をしているのか聞いておかなかったことが悔やまれる。

二度寝するのも一つの手だが……と思いながら、いつものごとく寝相の悪さでベッドの端から中央へと移動してきているリゼットに視線を向けた。

彼女が目覚めた時に横で眠っていれば、また蹴落《けお》とされて起こされることになりそうだ。

それにしても彼女は自分自身の寝相が悪くないと思っているようだが、朝、実際にベッドの中央に移動している状態なのに一体どこからそんな自信が出てくるのだろうか。

思わず苦笑する。

初対面の大人しそうな印象とは異なり、屋敷の雰囲気を変え、私の生活を乱し、心まで乱してくるが、そう悪くないと思ってしまうのは彼女の魅力なのかもしれない。

横を向いて眠るリゼットの目は今なお完全に閉じられ、静かに呼吸が繰り返されている。

一筋の柔らかそうな栗色の髪が陶器のような白い頬から唇にかけて流れているのが気になり、私は彼女の頬へと手を伸ばした。

「……ん」

くすぐったかったのだろうか。リゼットがくぐもった声をもらし、我知らず指先を彼女の唇に伝わせていたことに気付き、自分の手を慌てて引く。

まだ彼女は夢の中のようだが、もう間もなく起きることだろう。とりあえず目覚めて蹴落《けお》とされる前にベッドから抜け出すことにした。

ベッドから足を下ろし、自室に戻るために寝室を出ようと扉の前まで歩いてきた時。

「だ、旦那様！　ま、待ってください」

目が覚めたらしいリゼットが私を呼ぶので振り返ると、焦った様子で彼女が手をこちらに伸ばし、ベッドから落ちそうなほど身を乗り出していた。

「お、おい！　危な――」

急いで戻るが間に合わず、彼女は勢いのままベッドから落ちた。

駆け付けた私は床に片膝をついてリゼットの上半身を抱き上げる。

「大丈夫か！　怪我は!?」

「おでこ……う、打ってしまいました」

情けなさそうに額を撫でながら顔を上げるリゼットの姿に、申し訳ないが噴き出してしまう。

「旦那様、笑うなんて酷いです」

膨れっ面になるリゼットの表情が、子供が拗《す》ねているようで余計に笑いを誘う。

「悪い悪い。だがどうやって落ちたら額なんて打つんだ」

「わたくしも分かりません」

「他に痛い所は？」

「今は手足が少し痛いですけど、治療するほどではないかと思います。——ありがとうございます」

リゼットがそう言って私の腕から身を起こすと、彼女の温もりが瞬く間に消えてしまう。

消えゆく熱が惜しくなり、私は彼女の背に再び手を回して膝裏にもう一方の腕を入れると抱えて立ち上がった。

「だ、旦那様!?」

「……軽いな」

突然の浮遊感に驚いたのか、私の腕の中でリゼットは身じろぎする。

私は顔がすぐ近くになった彼女に視線を流す。

「暴れるな。落とすぞ」

もちろん本気で落とすつもりはないが、リゼットは頬を染めて縮こまると抵抗を止めた。

「も、申し訳ありません。旦那様はお仕事に行くご準備をしなければなりませんのに」

「いや。今日は休みだ。問題ない」

リゼットはベッドのすぐ側に落ちた。だから抱き上げて瞬く間に彼女を解放することになる。

「え？　本日はお仕事がお休みなのですか？」

「……ああ」

「そ、そうだったのですか。存じませんでした」

構ってほしいかのように、明日は休みにするからとわざわざ報告するのもどうなんだと思って言い出せなかった。

「何だ？　さっさと仕事に出て行ってほしかったのか？」

ベッドの端に腰かけさせると、リゼットは横に座った私をまじまじと見つめてきた。

何となくばつが悪くなって拗《す》ねたような言い方をしてしまった。すると、ふと甘い香りがリゼットから漂ってくるのを感じた。

「そ、そんなことはありま――あ、あの、旦那様？　な、何を？」

「甘い香りがするな。何の香《こう》を？」

鼻につくような刺々《とげとげ》しい香りではなく、心地よい優しい香りだ。

リゼットが何やら言っていたが、それには返事をせず、無意識に尋ねた。しかし我に返ると、いつの間にか吐息がかかる距離まで彼女の首筋に顔を近づけていた自分に気付く。私は素早く身を引いた。

彼女の顔を見ると眉尻を下げて目は半ば伏せられ、頬はもちろんのこと、耳まで赤く染めている。こちらまでその熱が移ってきそうで、振り払うように顔を背けた。

「わ、悪い」

「いえ……」

「その。香りが気になったもので。何の香《こう》をつけている？」

熱が冷えたところでまたリゼットを見ると、妙な雰囲気を切り替えるためにも先ほど気になったことを改めて聞いてみた。

「わたくし自身は何もつけておりません。ですからもしかしたら……だ、旦那様の移り香かと。けれどお側で寝ているだけでは……さほど移りません、よね？」

窺《うかが》うような彼女の瞳に私はごほんと咳払いする。

「ああ、あれだな。君が夜中に抱きついてくるせいだな」

「わ、わたくしがですか⁉　そ、そんなことしておりません！」

「そりゃあ君は眠っていたからな。私の髪を犬の毛と間違えたのか、抱きついて撫でられたぞ」

犬と間違えて抱きついてきたのは最初だけだったが。

「うっ。で、ですが。朝方、わたくしこそ撫でられた感覚が。その時に旦那様の香りを近くで感じた気がします」

「っ……夢でも見たんじゃないのか」

「ま、まあ！　わたくしが旦那様の夢を見たとおっしゃりたいのですか？」

素知らぬ顔をしてみせるが、リゼットはこちらが答えられない質問を投げかけてくる。

互いに明確な反論ができないまま睨《にら》み合いが続いたが、どちらからともなく噴き出した。

「なぜこんなことで朝から言い争いしているんだろうな」

「本当ですね」

くすくすと笑うリゼットに、なぜか幸せな気持ちになる。

黙って見ていたからだろう。彼女は笑みを止めると戸惑った様子でこちらに視線を向けた。

「な、何か？」

「いや。そういえばリゼット。さっきはなぜ私を呼び止めた？」

「それは旦那様が。……旦那様がまた黙ってお一人で仕事に向かわれるのかと思いまして」

彼女は少し自嘲するような、あるいは不安そうにも見える笑みを浮かべる。

そう見えるのは私の思い上がりだろうか。私は彼女から顔を背けた。

「それはない。妻ならば仕事に出る夫を見送りするのは当然だからだ。君は……私の妻だろう？」

最後だけ確認するように視線を横に流すと彼女は。

「はい。わたくしは旦那様の、レオナルド様の妻です」

初めて私の名を呼んだ彼女は嬉しそうに頬を染めて微笑んだ。

……ああ。やはりどう頑張っても、負けるのは私のほうらしい。

◇◇◇

旦那様は本日、お仕事が休みとのこと。結婚して初めて取られたお休みです。

「奥様、おはようございます」

「おはようございます、アンヌさん」

アンヌさんが旦那様の退室後、お部屋に入ってきて朝の挨拶をしてくださいます。

「本日旦那様はお休みだそうですね。いつもより少し凝《こ》った髪形にいたしましょうか」

猫っ毛の私の髪は扱いにくいはずですが、髪結いが得意なアンヌさんはいつも見事にまとめてくださいます。

「そうですね。よろしくお願いいたします」

「かしこまりました」

アンヌさんは櫛《くし》を入れて、絡まった髪を優しく解きほぐしていってくれます。私の寝相が悪いという旦那様のお言葉は、あながち間違ってはいないのかもしれません……

「旦那様がお休みを取られるのは珍しいですね」

「はい。わたくしがここに来て初めてのことです。これまでお休みを取られていましたか？」

昨夜は旦那様がお休みということを伺っていなかったので、少し驚きました。結婚した妻《わたし》に会いたくないあまり余計に仕事を詰め込んでいたのでは、と不安になります。

「私がこちらにお仕えし始めた頃はお休みを取られておりましたが、侯爵位を継承されたここ二、三年はあまりなかったように思います」

「そうなのですね……」

少しの間、その場に沈黙が下ります。その間アンヌさんが髪をまとめてくれているのですが、なんだか沈黙に耐えかねてしまって、今朝方のことを話し始めました。

「……今朝、目覚めた時に旦那様が横にいらっしゃらなくて、かなり衝撃を受けてしまいました。さらに旦那様が寝室を出るために扉を開けようとしている姿を見た時は、私に背を向けていた結婚当初のことを思い出して胸が痛くなりまして」

「奥様……」

「ですが、お声をかけたらちゃんと振り返ってくださったのですよ」

アンヌさんに気を遣わせてしまい、慌てて言葉を続けました。

「ベッドから落ちたわたくしに駆け寄ってくださったのも嬉しかったですし、抱き上げてベッドまで連れていってくださった時は、胸の高鳴りが聞こえるのではないかと身を固くしてしまいました。さらに心臓に悪いことには、何を思われたのか、旦那様がわたくしの首筋にお顔を近づけてきたことですね。旦那様が言葉を口にされる度に吐息がかかって、ざわざわと胸が騒ぎ立ちました。わたくしはドキドキしているのにご本人は無意識のご様子ですから、本当に質《たち》が悪いです」

あの時のドキドキがまた湧き上がってきて、私は無意識に自分の胸を押さえました。

「ですがその後、旦那様から不器用ながらわたくしを妻だと認めてくれる言葉を頂いて、とても嬉しかったです」

「そうでしたか」

「ええ」

……あ。けれど、なぜお仕事がお休みなのに早々にベッドを出たのかと詰め寄ってお聞きしたら、二度寝したらまた私に蹴り落とされると思ったからだとおっしゃいましたっけ。私は一切反論できずに口を噤《つぐ》んでしまいました。

「奥様、百面相ですね」

「――はっ」

鏡越しのアンヌさんの笑顔を見て、私は少し膨らんだ頬を両手で押さえました。

「お待たせいたしました」

「ああ」

旦那様はやはり準備が早く、すでに椅子に座っておられました。

いつもと違った華やかな髪形にしてもらいましたが、気付いてくださるでしょうか。

じっと見つめていると、私の視線に気付いた旦那様は少し怯んだように眉を上げます。

「どうした？　早く座れ」

「……はい」

やはり女性の髪形の変化など気付いてはくださいませんよね。

私は苦笑しながら席に着きます。

すると。

「そのリボンは君が作ったものか？」

「え？」

私が椅子に座るなり、旦那様はご自分の頭を指しながらそう言いました。

「髪のリボンだ。最近、侍女たちが同じようなリボンをしているように思うが」

「――っ！　は、はい。そうです！　わたくしが作りました。皆でお揃いにしているのです」

「そうか」

色や生地は好みがあるのでそれぞれ異なりますが、ワンポイントの花柄の刺繍《ししゅう》だけは同じにしています。

そこに気付いてくださるだなんて！

「旦那様、気付いてくださってありがとうございます」

嬉しくてまた頬が緩んでしまいました。

旦那様は対応に困ったような表情を浮かべてお言葉を続けます。

「いいから早く座れ。朝食が始まらない」

「すでに座っております」

「……そうだったな」

さらに気まずそうな表情になった旦那様を見て私は噴き出しました。


朝食まではいつもと変わりない穏やかな時間を過ごしましたが、それ以降の旦那様は挙動不審でした。食堂を出た後、部屋に戻ろうとしている様子でしたが足を止め、サロンの方向へ行こうとしてまた足を止めています。

「旦那様？　どうかなさいましたか」

「あ、いや」

言いづらそうでしたが、私が黙って答えを待っているものですから、旦那様は渋々口を開かれました。

「その。久々に休みを取ったせいで、何をしたらいいのか戸惑っている。せっかく休みを取ったのに部屋に戻って一人になったら仕事をしてしまいそうだしな。だからと言ってサロンに行ってもすることはないし」

仕事が旦那様の日常ですから、休みの日の時間の使い方が分からないご様子です。

「では本日はわたくしの一日にお付き合いいただけませんか」

「え？　……ああ。そうだな。分かった」

「良かった！　では早速参りましょう」

私は旦那様を促しました。

「……で。これは？」

「糸を巻き直しております。輪になっている糸を玉巻きしないと使いづらいのです」

両手を広げる旦那様は早くもうんざりしたご様子です。

「身動きすらできないんだが」

「ええ。糸巻きの相手役とはそういうものです」

「暇なものだな」

「この間は、侍女さんたちとはいつも楽しい会話をしております。ですから旦那様も話題のご提供をお願いいいたします」

「――――は!?」

興味なさそうに虚《うつ》ろな目で糸巻を見ていた旦那様は、はっきりと覚醒したかのように目を見開きました。

焦っている旦那様はお可愛らしいですね。

「そんなことを突然言われても。君は普段どんな会話をしているんだ？」

「そうですね。窓から見えるお庭に咲く季節のお花のことであったり、今、街で流行《はや》っているお菓子や装いのことであったり、あとは」

糸に目を落としていた私は顔を上げて挑戦的に旦那様を見ます。

「旦那様への悪戯《いたずら》の計画でしょうか」

「なるほど。それは効率的だな」

旦那様は苦笑いし、私も笑顔になって頷きました。

糸巻きが終わった後は、二人で庭を散策することにしました。

季節のお花が色とりどりに咲いていてとても楽しいですし、旦那様と二人でこうして歩けるようになったことを幸せに思います。

私たちはお庭に設置された三角の屋根のガゼボで一休みすることにしました。中には休憩できるようにテーブルと椅子が置かれていて、そこに座ると自然が感じられ、肌に涼しい風が当たってとても気持ちが良いです。

「たまにはこうして休むのも悪くないな」

向かい側ではなく、すぐ横の椅子に座った旦那様は穏やかに微笑みます。

「ええ。これが日常になってしまいますと、またつまらなくなってしまうのかもしれませんが」

何の気なく言ったつもりでしたが、旦那様は表情を曇らせました。

どうしたのでしょうか。

「悪かった」

「え？」

「君に手芸用品だけ押しつけて家のことを何もさせなかった」

「……そうですね。けれどそのおかげで屋敷の皆さんと仲良くなることができました」

もしいきなり家の仕事を任されていたら、周りを顧《かえり》みることもできずに必死になっていたでしょうし、侍女さんたちとの交流のきっかけになった刺繍《ししゅう》ハンカチも当然作れなかったでしょう。そう思うと不思議な感じがします。

「旦那様ともこうして向き合うことができました。だから良いとは申しませんが、それでもやはり良かったのです」

自分でも何を言っているのか分かりませんが、素直な気持ちです。

「……リゼット」

低く囁《ささや》いた旦那様は膝の上に置いている私の手に自分の手を重ね、端整なお顔を近づけて来ました。

目の前が陰り、どきりと鼓動が高まったその時。

「奥様。お茶をお持ち――」

アンヌさんの声が聞こえました。

「してしまいました……」

私たちは慌てて離れます。

「ア、アンヌさん、ありがとうございます」

「いいえ。こちらこそお茶をお出しする時を見誤り、申し訳ありませんでした」

アンヌさんはお茶とお菓子を手早く用意してくれると、失礼いたしますとあっという間に姿を消しました。

「だ、旦那様、お茶を頂きましょうか」

澄《す》んだ琥珀《こはく》色のお茶の中に数枚の花びらがちりばめられた、目でも楽しめるお茶です。

「ああ」

お声をかけて私自身もカップに口をつけましたが、まだ心臓の高鳴りが落ち着かず、せっかくのお茶の香りと味わいを楽しむ余裕はありません。

「香りがいいな。薔薇のお茶か」

一方で、ご自分だけはしっかりお茶を楽しんでいる旦那様にむっとしてしまいました。

「……何だ？」

「イエ」

じとりとした私の視線に気付いた旦那様が戸惑ったように尋ねてきましたが、私は首を横に振ります。

「本日はこちらでお茶を頂くことになりましたので、薔薇のお茶を選びました。お花に囲まれたこの場所で、お花を全身で楽しんでいるみたいだとは思いませんか？」

「そうだな」

同意して微笑んでくださる旦那様に私も機嫌を直します。

「サルヴェール家には百種類以上ものお茶があるのですね。選ぶのに悩んでしまいました」

「そうなのか？　そんなにあるとは知らなかった」

「ええ。このローズティーはお庭に咲いているものを天日干しして作られていますが、食品貯蔵庫の一角には異国のお茶など、さまざまな種類のお茶が揃えられていますよ」

「へぇ」

旦那様にとって何の益にもならないくだらないお話かもしれませんが、それでも小さく頷いてくださいました。くだらない話をしている時間は無駄だとおっしゃった時に比べると、かなりの変化ですね。

嬉しくなって頬を緩ませていると旦那様は気まずそうに咳払いして、視線を横に流します。

「どうかされましたか」

視線を外されて残念に思いながらお尋ねしました。

「いや。可愛いなと」

「え？」

「――あ。いや！　これだこれ。私には可愛すぎるお茶だなと」

慌てて視線を私に戻された旦那様はお茶を指さします。

「あ……ああ。申し訳ありませんでした」

旦那様のお部屋に飾ったレースは紅色中心の可愛らしいものでしたから、もしかしたらその嫌な記憶を引き出してしまったのかもしれません。

「あ、い、いや！　だがこういうのも悪くない……かもしれない」

思わず眉尻を下げた私を気遣ってくださったのでしょう。焦った様子でおっしゃいました。

「ご無理されていません？」

「ああ。していない」

「本当に？」

「本当に」

「可愛らしさが心の傷になっていませんか」

「ああ」

旦那様は力強く頷きます。

「本当に？」

「ああ」

「ではまたお花のお茶を淹《い》れても構いませんか」

「ああ」

「また旦那様のお部屋に可愛いレースを飾っても構いませんか」

「あ――それは駄目だ。卑怯だぞ、リゼット」

うっかり頷きそうになった旦那様は途中ではっと気付き、私を睨《にら》みつけます。

「あら。引っかかりませんでしたね。残念です」

くすくすと笑うと旦那様もつられたように笑みをこぼしました。

お茶を飲み終えた私たちは屋敷へ戻ることにしました。

ガゼボはそこまで新しいもののようには思いませんでしたが、使われている形跡がありませんでした。旦那様のご両親は仲が良くなかったとのことですから、きっとお二人は使われなかったのでしょう。けれど、ガゼボも周りのお花もそれでは可哀想です。

「旦那様、天気の良い日はまたここでお茶をいたしませんか？」

「そうだな」

次の確実な約束を取りつけることはできませんでしたが、きっと実現するでしょう。そんな気がいたします。

「では戻るか」

「はい」

アンヌさんのお片付けを待とうかと思ったのですが、先にお戻りくださいと促されたので、お言葉に甘えてお先に失礼することにしました。

私たちはフラワーアーチの作られた道を通って戻ります。美しい花々に囲まれた長く延びる道は外の世界から切り離されていて、まるで旦那様と私だけの世界のように思えます。

──な、なんて。自分の妄想が恥ずかしくなって咳払いをした私を、旦那様が見下ろします。

「どうした？　大丈夫か」

「は、はい。と、ところでこのお屋敷のお庭は本当に美しいですね」

「こうして見ると確かにそうだな」

旦那様は肩をすくめます。

「昔から、ゆっくりと自分の周りを眺めることなどなかったからな」

「そうですか」

幼い頃よりサルヴェール侯爵家の嫡男としての立場を求められていたのかもしれません。その中で厳しい教育もあったことでしょう。

「旦那様、これからは───」

「あ。リゼット、頭！　蜘蛛《くも》の」

旦那様は、はっと表情を硬くして私の頭へと手を伸ばしてきました。

「蜘蛛《くも》!?　取ってください取ってください取ってください!!」

真っ青になって旦那様の腕にしがみつきます。

「お、おい。リゼット」

「早く早く早く!!　早く取ってください！　早く旦那様！」

「……っ。大丈夫だ。毒蜘蛛《どくぐも》じゃない」

しがみついている私の頭にどこか抑えたような笑いを落としながら、手で払ってくれる様子もなく、のんびりとした返事をしてきます。

「そういう問題ではありません！　旦那様、早く取ってください！」

「私の寝室に大きな蜘蛛《くも》と蜘蛛《くも》の巣を仕掛けた君がそんなに怖がるのか？」

「蜘蛛《くも》の巣はわたくしですが、蜘蛛《くも》は侍女の皆さんが作ってくださったのです！」

「そうか。そういえば、あの時、私は君から謝罪の言葉を聞いただろうか。――いや。思い出せないな」

なぜこんな時に。意地悪な方！

「あの時は蜘蛛《くも》を置いて申し訳ありませんでした！　蜘蛛《くも》はもう二度と置きません。蜘蛛《くも》の刺繍《ししゅう》もしません。ですから早くお願いします。早く！」

「他の虫はするということに聞こえるが？」

「言葉の綾でございます。早く旦那様！」

「反省の色がまったく見えないな。だが私は心が広いから、まあ、許してやろう。感謝してくれていいぞ」

「はい。慈悲深い旦那様に感謝いたします！」

半分自棄《やけ》になりながらそう申しますと、旦那様は笑いながらようやく私の頭を軽く撫でるようにさっと手で払ってくれました。

「取れたぞ。――蜘蛛《くも》の巣が」

「え？」

「蜘蛛《くも》の巣だ」

蜘蛛《くも》ではなく、蜘蛛《くも》の巣だと言いました？

旦那様の言葉を咀嚼すると、私は旦那様の腕から離れて顔を見ました。

「わたくしの髪にいたのは蜘蛛《くも》ではないのですか？」

「ああ。私は蜘蛛《くも》がいたなどと一言も言っていないはずだが？」

「だ、だって毒蜘蛛《どくぐも》ではないとおっしゃったではありませんか」

「蜘蛛《くも》の巣だからな。毒蜘蛛《どくぐも》ではない」

澄《す》まし顔の旦那様に一瞬呆気に取られた後、私は目をつり上げ抗議しました。

「――もうっ！　酷いではありませんか！」

すると旦那様は噴き出します。

「悪い悪い。慌てふためく君の姿が珍しくてな」

笑顔の旦那様はずるいです。それ以上怒れなくなってしまいます。それでも文句だけはしっかり言っておきます。

「蜘蛛《くも》の巣でしたら、初めからそうおっしゃってくださ――ひゃあっ⁉」

目の前に何かひらりと落ちてきて顔に付きました。今回は本当に目と肌で何かが付いていると確認できます。

手で払いたいのにそれに触れるのが怖くて、震えた手を頬にかざすことだけで精一杯で、払い落とすことができません。

「旦那様、旦那様、旦那様！」

「落ち着け。ただの木の葉だ」

恐慌状態が続く私をさすがに哀れに思われたのか、旦那様は小さく笑うと、今度はすぐに私の頬に手を伸ばして払い落としてくれました。

「木の葉ですか？　な、何だ。そうだったのですね。良かった」

ようやくほっと息を吐いて肩の力を抜きます。

「ありがとうございます、旦那様。……旦那様？」

旦那様を仰ぎ見ると、なぜか私を眩しそうに見下ろしています。旦那様の手はいまだ私の頬に置かれたままで、その手の熱が私の頬へと移ったように顔が熱くなってきました。

恥ずかしくなってきて顔を伏せようとしましたが、旦那様はそれを許さず顎をつかんで上向かせ、熱い吐息を感じるぐらいまでお顔を近づけてきたと思ったら。

――ぱきり。

枯れた枝を踏みしめる音が背後から聞こえてきました。

私はどきりと心臓が高鳴って旦那様から退いて振り返ると、そこには茶器を持ったアンヌさんがいて。

「奥様、申し訳ありません。追いついて……しまいました」

と、本日二度目の苦い表情で呟きました。

◇◇◇

旦那様のお休みの翌日、お仕事に送り出した後は、私も女主人として家のお仕事に取りかかります。まだまだ学ぶことも多く、オーランドさんから鋭い指摘が度々入りますが、それでも少しずつ身についてきたような気がします。

午前中の仕事を済ませて休んでいたら、アンヌさんがお部屋に顔を出しました。

「奥様。今から街に出ますが、何かご入用のものはございますか。よろしければ一緒に買って参りますが」

「あら。街に出るのですか。それでしたら、わたくしもご一緒してよろしいですか？　荷物持ちをさせてください」

「当然ながら奥様に荷物持ちなどさせられませんよ」

あっさりとアンヌさんに断られたので、私は小さく舌を出して本音も出します。

「実はわたくし、息抜きしたいのです」

「なるほど。それならば、かしこまりました。では一緒に参りましょう」

アンヌさんは街まで歩いて行くつもりだったようですが、私が同行することになったので馬車で行くことになりました。

片田舎出身の私は歩くのは慣れていますからまったく問題はなく、逆に馬車は揺れが酷い上にお尻が痛くなるので好みません。しかし侯爵夫人としての自覚を持って体面も考えるようにとオーランドさんから諭されてしまいました。

馬車はさすが侯爵家御用達の立派な作りとなっています。

とはいえ旦那様ご自身が豪華絢爛《けんらん》なものを好まないこともあって、高品質で艶《つや》のある生地のカーテンはかろうじてありますが、刺繍《ししゅう》やふさ飾りは一つもありません。

機能性重視なようで、中はゆったりと広く、座席は弾力性に富んで座り心地がとてもいいです。

馬車の中でアンヌさんは向かい側に座ります。進行方向を背中にしていますので、私の横に座ってもらうよう促しましたが、彼女は固辞しました。

「アンヌさんは、今日は何のご用で街に出られるのですか」

「備品の買い出しになります。御用商人の方が定期的に来てくださってはいるのですが、今回は予想外に消耗した物がございますので買い足しをと」

「そうなのですね。そういえば、侍女服などはどうなさっているのですか。金銭面は」

今、私は貴族の女主人としての役目を、これまで果たしていなかったことに気付かされます。

衣服も決して安いものではありません。貴族としての体面ばかりではなく、家に仕えてくださる方々のこともっと考えるべきでした。

「奥様に気にかけていただくことではありませんよ。備品もそうですが、侍従服や侍女服などもサルヴェール侯爵家からの支給品ですから」

今回のお買い物もお金を先に渡されていると言います。

「そうなのですか。あ。でも暮らしでお困りのことはないですか？　例えばそうですね。ベッドなどの家具の劣化が気になるとか」

備品なら皆が使う物ですからたやすく言い出せそうですが、個人で使う物は口に出すのが難しいかもしれません。

「いいえ。大丈夫です。そういった物は要望書として侍従長に提出することになっているのです。すぐに精査して対応してくださいますので、壊れているのに無理して使っていることはありません」

「そうでしたか」

やはり私が知らないことはまだまだあるようです。きっと、未熟な女主人にそのようなことまで任せられないと、オーランドさんはお考えなのでしょう。

「役割分担ですよ、奥様」

しょげた私を見てのことだと思います。アンヌさんは続けました。

「え？」

「それが侍従長の仕事です。まだ慣れぬ奥様にお伝えしていない仕事はあるかもしれませんが、侍従長が奥様を信頼なさっていることだけは確かです。それに、全部をお任せして奥様が何もかも仕切ってしまわれたら、侍従長の仕事まで奪い取ってしまうことになります。旦那様には旦那様だけの役割が、奥様には奥様だけの役割が、私たちには私たちだけの役割があるのです」

アンヌさんがおっしゃるように、人それぞれに与えられた役割があるのならば、今、私は引き受けたその役割を精一杯果たしたいと思います。

「――はい。ありがとうございます、アンヌさん。わたくし頑張ります」

両手で拳を作るとアンヌさんは笑顔で同じく拳を作ってくれました。

少しの間馬車に揺られ、私たちは中心街アトランの商業地区へと降り立ちました。

サルヴェール侯爵邸から少し離れた所にある商業区の建物は、外壁が優しい淡黄色から褐色で統一されていて、遠くから見ると落ち着いた雰囲気かと予想できます。

しかしその実、飲食店や雑貨店、花屋さんなどさまざまな種類のお店が並び、たくさんの人々が歩いていて、いくつもの元気な声も飛び交う活気にあふれた街です。

「アトランの商業区はとても賑やかな街なのですね」

歩いているだけで、何か目新しいものに出会うことができるのではないかと、何か楽しいものが待っているのではないかと高揚します。

「はい。奥様のご実家の街ではどのような感じだったのですか」

「街というほど栄えた場所ではないのですよ。クレージュ家の領地は農畜業が主で田畑や牧場、また開拓されていない荒地も多いので、この街のように高い建物で縦に広がる景色ではなく、横に広がる景色なのです。もしかしたら人の数よりも牛や馬の数のほうが多いのではないでしょうか」

若者が職を求めて領地の外に出たり、代々続く借金で常に資金難だったりしたために、町の活性化が難しく、貴族といえども決して豊かな生活を送っていたわけではありません。

しかしその代わりに領民の方々のお名前と顔を把握していて、人と人との密接な交流が多かったかもしれません。

今はサルヴェール家から援助を受けて領地の生活基盤を整備することになりましたが、人との親密な交流だけは今のままであってほしいです。

「自然が多い場所なのですか」

「ええ。とても広大で綺麗な所なのですよ。アンヌさんもぜひ一度ご招待したいです」

「では旦那様と派手な喧嘩をなさってご実家に帰られる際は、ぜひお供いたしましょう」

「まあ！」

談笑しながら歩いていますと、前方で男性二人が怒鳴り合いをしている姿が見えます。

関わらないよう足早に去って行く方、足を止め遠巻きにして見ている方、二人を止めようとしている方などいましたが、辺りを巡回していた騎士がすぐに駆けつけてきました。

「この街は治安が良いのですね」

喧嘩なさっていたお二人は多少の不足さを表情に残しながらも、収めることにしたようです。私たちはそんな彼らを横目に通りすぎます。

「ええ。人の出入りが多くて栄えた街ほど税が高くなりますし、繁栄している大きな街ほど犯罪者も入り込んできますから、犯罪がまったくないわけではありません。しかし適正な税額ですし、孤児院などの福祉施設への寄付も積極的になされていますので、比較的暮らしが安定した地域だと言えます。もちろんまったく問題がないわけではありませんが」

「そうですね」

教会や福祉施設は資金繰りのために、厚意で寄付された物を販売する催《もよお》しもしているわけですから、完全に生活保障されているというわけでもないのでしょう。

「私は重税が課されている街に行ったことがあります。中心街は確かに華やかでしたが、皆、どこか疲弊した暗い表情を浮かべており、中心から離れたところにある貧民街などは陰鬱としていて寂れておりました。当のご領主はと言いますと、ずいぶんと羽振りが良いご様子でしたけれど」

アンヌさんの言葉であらためて周りに視線を向けますと、通行人も店先で呼び込みをしている人も、皆さん顔を上げて明るい表情をされています。

そこで私はふと思い出しました。ここまで馬車でやって来る時に揺れを感じなかったのは、立派な馬車だけが理由ではなく、道も綺麗に整備されていたからなのだと。

そしてその整備された道があるのは、それを維持するために日々尽力してくださっている方々と、それを調査して指示なさっている方々がいるおかげなのだと。

皆、それぞれの役割を持って、自分の役割を懸命に果たしているのですね。

「……旦那様は、領民の皆さんの笑顔を守るという立派なお仕事をされているのですね」

「はい。そうでしたね、奥様」

「今日、アンヌさんと一緒にここに来ることができて良かったです。ありがとうございます」

旦那様の領主としての大変な役割を知っていたつもりでも、心からは理解していなかったことを垣間見ることができたように思います。

私はアンヌさんに感謝の笑みを向けました。

「お帰りなさいませ、旦那様」

本日、私が玄関で旦那様のお出迎えをしますと、驚いた表情で私を見ました。

「何かあったのか」

「何かあったのかとはどういうことでしょう」

「え。あ、いや。君が出迎えに来ているものだから」

「あら。ご存じありませんでしたか？　わたくし、実はこう見えましてもレオナルド・サルヴェール侯爵の妻なのです」

「いや。それは知っているが」

自慢げに胸に手を当てて申しますと、旦那様が対応に困ったような表情をなさるもので、私はついくすりと笑ってしまいました。

「そうでしたか。それは失礼いたしました。さて旦那様。わたくしの素性を再確認していただきましたところで、旦那様のお部屋までご一緒してもよろしいでしょうか」

「あ、ああ」

旦那様はすでにオーランドさんに鞄を預けてしまったので、私は手ぶらで旦那様の横に並んで歩きます。

「旦那様。わたくしは本日、街に出ました」

「そうか。何か買い物をしたのか？」

お疲れの中、旦那様は私のたわいない話に合いの手を入れてくださいました。歩調も合わせていただき、私に歩み寄ってくださっているのだなと実感します。

「いいえ。わたくしは気分転換のために、アンヌさんのお買い物に同行させていただいたのです」

「そうか」

「はい。そこで気付きました。アトランは良い街ですね。美しくて活気があって明るい街です」

「ああ、そうだな」

「街の皆さんは笑顔でいらっしゃいました」

何でもない日常的な話だと思われたのかもしれません。今度は何も言わず、旦那様はただ私を見つめながら頷きました。

私の心に寄り添ってくださるそんな旦那様を見ていますと、嬉しくて胸が温かくなります。だからこそ寄り添っていただくばかりではなく、私も旦那様に寄り添いたいのです。

「わたくしは明るいこの街が大好きです。大好きになりました。皆さんがいつも笑顔でいられるよう、この街をもっと良くしようとご尽力なさっている旦那様を微力ながらわたくしがお支えできればと思います」

旦那様は目を見開き、戸惑ったような、照れたような表情を浮かべた後、視線をそらして消え入るような声で小さくありがとうと呟きました。

◇◇◇

「行ってらっしゃいませ、旦那様。お気をつけて」

「ああ。ありがとう。行ってくる」

旦那様に鞄をお渡しして、私は笑顔でお見送りします。

朝、旦那様を初めてお見送りした日は、ご自分でおっしゃったことなのに少し困惑したような、気まずそうな表情をなさっていました。しかし今はこの状況に慣れてきたのか、微笑を見せると小さく頷いて出ていきました。

心の距離は縮まった気はしますが、旦那様がお休みを取ったあの日、あの出来事があってから、互いに気恥ずかしさのようなものが生まれてしまった結果、逆に夫婦関係として目立った進展はなくなってしまいました。しかし、それでも面映《おもは》ゆげな旦那様の笑みに私も頬が緩みっぱなしの状態でお見送りしました。

そんな日の午後、私が家の仕事を一通り済ませたところで、アンヌさんがお声をかけてくれました。

「奥様、お茶にいたしますか？」

「ありがとうございます。頂きます」

夕食にはまだ早いですので、お茶で一息つくことにしましょう。

「お疲れでしょうし、気分を変えてサロンでティータイムなんていかがですか？」

「そうですね。参りましょう」

そんな会話をしながらサロンに向かおうとしていると、オーランドさんが玄関で誰かと揉めているような様子が見えます。お客様がいらしているようですが、こんな予定外のご訪問とは珍しいです。いえ。そもそも訪問客自体が珍しいかもしれません。

……はっ。今、気付きましたけど、もしかして旦那様はお友達が少ないのでしょうか。

「申し訳ありません。旦那様はまだお帰りではありませんので」

「じゃあ、中で待たせてもらうよ」

「しかしお帰りの時間は不規則でございまして」

お客様は男性のようですが、どなたでしょう。お話の内容からすると意外と強引そうなお方ですね。けれどそれだけ旦那様とは親しいのかもしれません。

ということは、あの方はもしや旦那様の数少ないお友達の一人でしょうか？　旦那様の大切なお客様ならば、私がおもてなししたほうが良いかもしれません。

そう思ってアンヌさんに頷くと、玄関に向かいました。

「オーランドさん。どうかなさったのですか。お客様でしょうか？」

「奥様！」

オーランドさんは私を庇うように前に立ちはだかりましたが、お客様は彼を押しのけて中へと足を踏み入れました。

「やあ。こんにちは」

旦那様と同じくらいの年齢の方でしょうか。旦那様が品格のある切れ長の目をした少し冷たそうな印象の一方、彼は人好きしそうな少し垂れ目で甘い顔立ちの方です。

「君がレオナルドの奥さん？　風の便りでレオナルドが結婚したと聞いて結婚祝いを、と思って来たんだ」

「まあ。そうだったのですか。それはありがとうございます。妻のリゼットと申します。お初にお目にかかります。どうぞよろしくお願いいたします」

「うん、よろしくね」

……うん、よろしくね？

あの、笑顔でいてくださるのはいいのですが、こちらが自己紹介したので、できればそちらもお願いしたいのですが。

と思っていますと。

「奥様、こちらはルミン・マークレット様。マークレット伯爵のご令息で、旦那様の従兄弟《いとこ》にあたるお方です」

オーランドさんが渋々といったご様子でご紹介くださいました。

「まあ！　そうだったのですね。大変失礼いたしました」

結婚式も一人でしたし、披露宴もなく、顔見せも旦那様のご家族のみでしたから、ご親戚の方などまったく存じませんでした。気を悪くされてしまったでしょうか。

「いやいや。こっちも旅先で知ったものだから。こちらこそ以後お見知りおきを」

笑顔のルミン様にほっといたしました。

やはり訪問客やご親族の芳名だけを記憶するのではなく、きちんとお目にかからなければいけませんね。

「それでレオナルドに挨拶したいんだけど」

ルミン様は他国でのお仕事から戻られたばかりなのでしょうか。通常、このお時間ですと、働き盛りの男性はどなたもまだお仕事中のような気がしますが。

「申し訳ありません。主人はまだ帰っておらず、お帰りの時間もいつも定まっておらず、申し上げられないのです」

「そっか。じゃあ、結婚祝いだけ受け取ってもらおうかな」

そう言って彼は後ろを向くと、床に何やら布袋を置かれているご様子です。

「お祝いまで頂き、誠にありがとうございます。あの」

笑顔ですが、彼から圧力を感じます……

あまりにも私の顔をにっこりと見つめて来られるものですから、念のためにとオーランドさんに確認したいのに、それを許してくれる雰囲気ではありません。

私の判断を求められているようです。

やはり物だけもらって追い返すのは失礼に当たりますよね。従兄弟《いとこ》さんですし。

「しゅ、主人はおりませんが、よろしければお茶でも」

「奥――」

「ありがとう。ぜひそうさせてもらうよ」

オーランドさんが何か言おうとするのを遮って、ルミン様は綺麗な笑顔で頷きました。

ルミン様をサロンにご案内して一度退室します。

「オーランドさん。もしかしてルミン様をお招きしないほうが良かったのでしょうか」

何とかルミン様にお帰りいただこうとしていたさっきのオーランドさんの頑なな態度が気になって尋ねました。すると彼は珍しく表情を曇らせました。

「そう、ですね。個人的にはそうしていただいたほうが良かったのですが」

「も、申し訳ありません。わたくしが顔を出したばかりに」

「いいえ。旦那様のご親戚ですし、奥様の立場からすれば、そうも言っていられませんね」

オーランドさんはアンヌさんに視線を移しました。

「従兄弟《いとこ》とはいえ男性ですからね。アンヌ、君も一緒にサロンに入りなさい。扉は完全に閉めないように」

「承知いたしました」

「オーランドさんはご一緒いただけないのですか？」

初めてお会いするご親戚の方だし、緊張します。オーランドさんはルミン様をご存じのようだから、いてくださると助かるのですが。

「私がご一緒しますとお客様の気を悪くさせてしまいますし、空気が硬くなりますからね」

真顔で言われてどう反応すればよいか分かりません。そうですね、とも、いいえそんなことは、とも言えません。

……そしてアンヌさん。ずるいです。オーランドさんの背後で、こっそりとご自分だけ笑うのは止めてくださいませんか。つられてしまうではありませんか。

表情が豊かになったアンヌさんにつられて笑いそうになるのをこらえた私は、引きつる口元を隠しながら頷きます。

「そうですか。分かりました。それでは女主人として、初めてのお客様を迎えるということで頑張ります」

「よろしくお願いいたします」


「お待たせいたしました」

アンヌさんにはお茶を、侍従の方々にはルミン様から頂いた贈り物をご本人のご希望でサロンに運び入れていただきました。

贈り物と言っても丁寧に包装されたものではなく、布袋に雑に入れられているようにも見えなくもないのですが、何が入っているのでしょう。……中を見るのが少々怖いです。

「いえいえ。ありがとう」

私はテーブルを挟んで向かいのソファーに座ると改めてご挨拶します。

「この度は結婚のお祝いに足をお運びいただき、ありがとうございます。また主人の不在、お詫び申し上げます」

「俺も突然来たから。ごめんね」

ルミン様は終始笑顔で、旦那様と正反対のご性格のようです。少し軽すぎるくらいですが。

「俺のこと、レオナルドから何か聞いている？」

「いいえ。申し訳ありません」

首を振ると彼は肩をすくめました。

そもそも旦那様がご自分のことをお話しくださるようになったのは最近のことですし、親しいお友達がいらっしゃるのかもまだ定かではありません。ルミン様は従兄弟《いとこ》で年も近そうなのにまったくお話に上ったことがありませんから、やはり仲が良いとは言えないのでしょうか。

「まあ、彼はもともと他人に興味がないからね。それに俺、親戚の中でも鼻つまみ者だから」

「え？」

「俺は旅が好きでね。色んなところを旅してんの」

「旅、ですか？」

他国でお仕事されているわけではなかったのですね。そういえば、初めにそうおっしゃっていましたね。旅先で結婚を知ったと。

「うん。世界中をね」

「世界を……」

彼の言う世界とはどんな大きさなのでしょう。私の世界と言えば、自分の故郷とこの屋敷とこの街の商業地区、そして教会や福祉施設くらいです。もちろんそれよりもはるかに大きいのでしょうね。世界にはきっと私の想像を超えた景色が広がっているのでしょう。

興味を引かれた様子を察してくださったようです。彼は立ち上がると贈り物の荷を解き、中からいろいろな物を引っ張り出しました。

「まあ、素敵！」

私も彼の横に並ぶと贈り物に視線を落とします。

よく分からないオブジェもありますが、カラフルな置物やお人形さん、変わった形のランプ、巾《きん》着《ちゃく》、手芸製品など次々と出てきました。彼はそれを一つずつ面白おかしく説明していってくださいます。

風土の違い、水や食べ物、生活様式、それこそ歴史まで違って感銘を受けることが多いのだとか。時には水や気候が合わなくて体調を崩すことがあったり、言葉の違いで苦労することもあったりするけれど、自分が置かれている環境とまったく違う場所で生きている人たちとの交流が楽しいのだ、と彼は語ります。

まるで子供の時に読み聞かせしてもらった、自分の世界とははるかに違う物語を聞いているような幸せな気分に浸ることができました。

「……あら。これは」

私は広げられたお土産品の中から、先の尖った楕円形の道具を手に取ります。

「ああ、それ？　手芸品を作る道具なんだって。何と言ったかな、タテ、タテシャトルとか言ったかな」

「タティングシャトルですわ」

「詳しいね」

「ええ。手芸をするものですから」

棒編みやかぎ編みと比べて繊細で美しいレースを作ることができる道具で、鞄の中に入れての持ち歩きにも最適な手のひらサイズです。馬車で移動時の空き時間にレース編みをする場合にもよく使われています。ただし独特の手の動きをするために度々間違えそうになったり、間違った結び目を解くのに時間がかかったりと、速さが勝負である悪戯《いたずら》用のレース編みには適していません。

いつか今の作戦を終えることができたならば、この道具を使ってゆっくりレース編みをできればなと思います。

「ああ。そういえば以前この家に来た時よりもサロンが何となく可愛いイメージになっているね」

部屋を見回しながらそうおっしゃいます。

このサロンには旦那様のために使った後のレースなどが多く飾られているからでしょうか。目の前のテーブルクロスもそうですし、カーテン、ソファーのカバーなどもそうです。

「レオナルド、この部屋に対して文句とか言わないの？」

ルミン様は一通り見回した後、私に視線を戻されたので、私はただにっこりと笑ってみせました。

「……ふうん」

なぜか彼は不敵に口角を上げます。

一体何が面白いのでしょう。思わず首を傾げます。

「ああっと。ごめんね。結構時間が経ったね。レオナルドも帰ってこないことだし、今日はもう失礼しようかな」

ルミン様がご帰宅の話を切り出します。

「そうですか。大したおもてなしもできず、誠に申し訳ありませんでした。また主人がおります時にでもお越しいただければ」

「うん。ありがとう。しばらくは近くの宿に泊まっているからまた来るよ」

宿？　お家には帰られないのでしょうか。それともマークレット伯爵家の領地はここから遠いのに、わざわざ足をお運びいただいたのでしょうか。

今伺っても時間を取らせてしまいますので、私は「ええ、ぜひ」と微笑みました。

◆◆◆

「お帰りなさいませ、旦那様」

「ああ。今日は何か変わったことはなかったか？」

私はオーランドに鞄を手渡しながら尋ねた。

「本日はお客様をお迎えし、奥様がおもてなしをされました」

「客？」

自分の部屋に向かおうとしていた足を止め、後ろのオーランドを振り返る。

リゼットはこの家に来て日が浅く、この近辺で友人もまだいないはず。何より彼女が私に確認せずに人を招くとも考えられない。

「はい。従兄弟《いとこ》のルミン様です」

「ルミン⁉　あの放蕩《ほうとう》息子のルミン・マークレットか⁉」

マークレット伯爵の次男坊だが伯爵子息としての務めを放棄し、他国を放浪して金が尽きてはふらふらと戻ってくる男だ。

とはいえ顔と女性に取り入る術《すべ》だけは優れているから、旅で苦労することはないらしい。その場限りのお遊びで他人の恋人を奪っているらしいが、こういうやつは一度くらい色恋沙汰で痛い目に遭うべきだと個人的に思っている。

「はい。そのルミン様です。旅から戻られたようで、こちらにお寄りになりました。レオナルド様がご結婚なさったと耳にされたようで」

私より一つ年上と年齢は近いが、特に仲良くしているわけでもない。むしろ馬が合わない相手だ。何のつもりでやって来たのか。ただの興味本位なのか。

……いや、あいつは人の恋人や人妻との火遊びが趣味だったか。そんな男と純粋なリゼットが一緒にいたのかと考えると苦々しい思いになる。

――まあ、いい。

どうせ私の結婚を適当に祝いに来ただけに違いない。結婚の兆しもなかったのに突然妻を娶《めと》った私の顔でも見てやろうと思ったのだろうが、特別な用事でもない限り、労力をかけてわざわざもう一度足を運ぶことはないだろう。さっさと忘れることにしよう。

そう思っていたのだが……

「はっ⁉　今日も来ただと⁉　昨日の今日だぞ」

帰宅を出迎えてくれた何の罪もないオーランドを思わず睨《にら》み付けてしまう。

「何をしに来た」

「旦那様にお会いしたいと」

会いたい？　連日訪れるということは何か私に用事があるのか？　しかし……

「ルミンはいつ頃来た？」

「お昼を過ぎてくらいでしょうか」

「そんな時間に私が帰っているわけがないだろう」

普通、日中は仕事で家を留守にしていると分かっているから訪ねないはずだ。いくらルミンが仕事をしない道楽人間だとしてもだ。

「さようでございますね。昨日もそう申し上げたのですが」

つまり私に会いたいと言いながら、私がいない時間を狙って来ているということか？

「今日もルミンを迎え入れたのか？」

「はい。奥様がわざわざご足労いただいたのに申し訳ないと」

「ルミンをもてなしたのは？」

答えは分かっているがつい尋ねてしまう。

「奥様でございます」

「……そうか。分かった」

オーランドはルミンを家に入れるつもりはなかったが、客人を前に女主人であるリゼットの意思に反対するわけにはいかなかったのだろう。

「リゼットに話しに行く」

「承知いたしました」

私は足早に彼女の部屋へと向かった。


ノックをして扉が開けられた先に待っているのは、リゼットの笑顔だ。

「お帰りなさいませ、旦那様」

「ああ。ただいま」

「申し訳ありません。今、夕食から部屋に戻ったばかりで、お出迎えできませんでした。お食事はもう少しお待ちしたほうが良かったですね」

彼女は、私を出迎えなかったことを咎《とが》めるために来たと考えていたのか、先に話を切り出した。

「ああ、それはいい。オーランドから聞いている。それに私の帰宅時間は不規則だからな。私に構わず定時に君の夕食を用意するようにと言ってある」

「そうですか。それでは一体どうなさったのですか」

どうなさった、か。

一般的な家庭なら、旦那が帰ってくるや妻に顔を見せることに対して、妻からそのような台詞が出ることはないのだろうなと苦笑する。

「従兄弟《いとこ》のルミンが連日訪問していると聞いた。まだ君自身も女主人としての仕事に慣れないだろうに客人を迎えてくれて、その、ご苦労……と言うか何と言うか」

語尾をもごもご濁してしまう。

「まあ。わざわざ労《ねぎら》いに来てくださったのですか？　ありがとうございます」

彼女の顔がぱっと明るくなる。

その笑顔に自然と自分の頬が緩むのを感じた。しかしその表情は、リゼットの次の言葉でまた引き締まったものに変わることになる。

「ルミン様は楽しいお方ですね。これまで訪れた国々のお話をしてくださいますの」

「……そうか。だが彼は私に会いに来たんだろう？　私がいない旨を伝えて帰ってもらえばいい。時間が取れたらこちらから後日連絡する」

――かもしれない。しないかもしれないが。

「え、ええ」

私の表情が変わったことに気付いたリゼットからも笑みが消える。

「ですが手土産にと豪華な花束を持ってきてくださったものですから、何のご対応もしないままお帰りいただくのも失礼な気がいたしまして」

「え？」

菓子ならともかく、手土産に花束を持ってくる人間がいるか？　主人の留守中に男の訪問客が夫人へ花を贈るとは、まるで求愛行動ではないか。

訝《いぶか》しげに眉をひそめてしまう。と同時に先ほどの笑顔をルミンにも向けていたのかと考えると、不愉快な気持ちになる。

「それでその花は？」

「早速サロンに飾らせていただきました」

「サロンに？」

「ええ」

リゼットは当然のように頷いた。

彼女は自分自身がもらったものではなく、サルヴェール家への手土産と認識しているようだ。

「そうか。……その。あいつに。く……口説《くど》かれたりして。い、いないか」

「くどかれ？」

やっとの思いで口に出したが、リゼットは初めて聞いた言葉のように目を大きく見開いた後、ぱちぱちと瞬かせる。

「……ああ、いや。何でもない」

そうだった。考えてみれば、あいつが女性を口説《くど》いているところは見たことがない。容姿が整っていて社交性があって、口説《くど》かなくても女性のみならず人が自然に寄ってくる。むしろ女性側から貢ぎたいと思わせるような、人を惹きつける何かを持っているやつだった。出自や爵位の有無など関係ない。あいつ自身にそう思わせる魅力があるのだろう。

相手に夢を抱かせるような経験と知識を持っているからなのか、あるいは何にも囚われることのない自由な心を持っているからなのか。……自分には持てないそれらを。

「旦那様？　どうかされたのですか」

私が黙り込んでしまったせいか、心配そうに覗き込まれて我に返る。

「いや。何でもない。では、そういうわけで私は食事を取るから。後は頼んだ」

「え？　はい？」

何を頼んでいるのか、自分でも分からない言葉を残してリゼットの前から立ち去った。

◇◇◇

「行ってらっしゃいませ、旦那様」

「ああ。行ってくる」

「どうぞお気をつけて」

「ああ」

鞄をお渡しすると旦那様は微笑んで頷き、その後は振り返ることなくそのまま扉の外へと行ってしまいました。

どうにも旦那様は元気がありません。思えば昨夜も私の寝室に訪れませんでした。仕事に追われているから自室で過ごすという言付《ことづ》けをアンヌさんから聞いたのですが、一晩中のお仕事でお疲れだったのでしょうか。

……いえ。昨日お帰りになった時から様子がおかしかったような気がします。

「奥様、こちらに午前中に済ませていただきたいお仕事があります」

玄関で考えながら旦那様の姿を追うように扉を見つめていると、オーランドさんから声をかけられました。

「あ、はい。申し訳ありません。ただいま参ります」

まずは女主人としての仕事をこなさなければ。

私は身を翻《ひるがえ》してオーランドさんの後についていきました。


午後になってようやくお務めから解放されました。

お務め中も旦那様のことが気がかりではあったのですが、できるだけ集中しておこなったら本日のお務めはこれで終わりですとオーランドさんから告げられたのです。ですから午後からはやっと自分の時間を持てそうです。

「ねえ、アンヌさん」

「はい、奥様」

一階のサロンでレイナさんがお茶を用意してくださるそうなので、アンヌさんと共に向かうことにしました。

廊下でお話しする内容でもないのですが、朝からずっと気にかかっていたので、サロンに着く前に話し始めてしまいます。

「旦那様ですが、今朝、ご様子が変ではありませんでしたか」

「そうですね。どこか虚《うつ》ろと申しますか、心ここにあらず、といったご様子でした」

「やはりそうですよね。心配です。お疲れなのかしら。今日は悪戯《いたずら》の作成を止めて、旦那様のお心を元気づける何かをお作りしようかと思うのです。どう思われますか？」

「それもよろしいかと思われますが」

「が？」

どこか含みを持った言葉に私は尋ねました。

「おそらく旦那様はご心配なだけではないかと」

「ご心配？」

アンヌさんは少しだけ咳払いします。

「お客様が連日お見えになっておられましたから」

「え？　……あっ。そうだったのですか。つまりわたくしがルミン様を丁重におもてなしできているか、ご心配だったということなのですね⁉」

そういえば昨日も、自分がいないならお帰り願え、とおっしゃっていました。私一人の応対ではご不安だったのでしょう。それでもやはり女主人としての仕事をこなしてもらわなければならないと思い直されて、後は頼むとおっしゃったのですね。

「……そう。心配をおかけしているのはわたくしだったのですね」

「い、いえ！　そう、そうではありませんよ！」

「アンヌさん、正直におっしゃっていただいていいのです。悪戯《いたずら》はともかく、女主人としてのお務めで旦那様にご負担をかけることは許されませんよね。もっと精進しなければ」

私が反省している一方で、アンヌさんはなぜか焦った様子です。

「いえ、ち、違います！　申し訳ありません。私の語彙力が乏しいばかりに誤解を――」

私は彼女の両手を取ります。

「いいえ。大丈夫です。きちんと理解しておりますわ。わたくしは女主人としてお客様に丁重なおもてなしをしてみせます。ですからアンヌさん。次にお客様がお見えになった際にも、どうぞお力添えをよろしくお願いいたしますね」

「は、はい。それはもちろんですけれど……。け、けれど奥様。本日は旦那様のために心を込めたものをお作りいたしませんか。きっと大喜びされます」

「そうでしょうか」

「ええ。もちろんです。奥様も花束を頂いて、とてもお喜びになられたでしょう？　旦那様も悪戯《いたずら》ではない奥様からの贈り物でしたら喜ばれるはずです」

旦那様も私と同じ気持ちでいてくださるでしょうか。だとしたら。

「はい！　ではそういたしましょう」

何を作ろうかしらとワクワクしながらアンヌさんと階下へ向かうとそこには……

「また……ルミン様、のようですね」

呆れが入ったようにアンヌさんが言います。オーランドさんが玄関口で対応している姿が目に入りました。

「え、ええ」

昨日もいらっしゃったばかりですし、この時間に旦那様がお帰りになることはないと申し上げましたのに。それにせっかく旦那様への贈り物を作ろうと思っ――はっ。いえ。私は女主人として立派に務めを果たすと心に誓ったばかりです。

「わたくし、行ってまいりますね」

旦那様、見ていてください（ご覧になれませんけど）。私は旦那様に恥じぬ、女主人としての務めをきっと果たしてみせましょう。

「お、奥様。お待ちく――」

なぜか止めようとするアンヌさんを背に、私は玄関へ向かいました。

「ルミン様。ごきげんよう」

「やあ、こんにちは。リゼットちゃん。今日も会いに来たよ。街で流行《はや》りの菓子を手土産に持って来たんだ」

ルミン様は手に持っているものを肩の高さまで上げて示します。

「それは誠にありがとうございます。ですが申し訳ありません。主人は本日もまだ帰宅しておりません」

「そう」

「ええ。連日ご足労いただき、誠にありがとうございます。どうぞお入りくださいませ」

「ありがとう」

ルミン様はにっこりと笑い、無表情のオーランドさんにも笑みを向けます。

「奥様」

「あとはお任せくださいませ」

私はオーランドさんに目配せします。

さっとオーランドさんから見て、私に至らぬところがあったのでしょう。それを旦那様にご報告したのだと思われます。オーランドさんに認められるような接待をしなければ。

「……ではアンヌ、いつものようにお茶のご用意を」

「かしこまりました」

オーランドさんはアンヌさんに指示し、私はルミン様をサロンにご案内することにしました。


「あれ？　この花」

ルミン様はお部屋に入ってすぐに花瓶に生けたお花に視線を向けられました。

「はい。こちらは昨日頂いたお花です。ありがとうございました」

「いや、これはさ。リゼットちゃんにと思って贈ったつもりだったんだけど」

「はい。ありがとうございます。おかげさまでお部屋がとても華やかになりました」

笑顔で答えると、なぜかルミン様は苦笑されます。

今、私は何か失礼なことでも申したのでしょうか。少し不安になります。

「それにしてもさ。ここは客人を迎える居心地のいい空間になったね」

ソファーに身を任せたルミン様はそうおっしゃいました。

良かったです。もう気になさっていないようです。

「失礼いたします」

アンヌさんはソファーの前にあるテーブルにお茶を用意してくださいました。そのまま小さく礼を取り、いつものように部屋の隅に控えてくれます。

「そうですか？」

私は視線をルミン様に戻し、話を再開させました。

「うん。以前来た時は、品格はあるけど人を寄せ付けない冷たさと言うか、そっけなさを感じたよ。管理する者の人柄によるところが大きいんだろうね」

現在のサロンは居心地がいいとおっしゃっていただけるのは嬉しいのですが、逆に言うと以前ここを主に使用されていた旦那様の人柄が冷たい、とおっしゃっているようにも聞こえます。……深読みしすぎでしょうか。

返事できずにいるとルミン様はくすりと笑います。

「レオナルドの部屋に入ったことは？」

「ええ。何度かございます」

「どんな感じだった？」

「そうですね。無駄な装飾品や娯楽品は省かれた、落ち着いた上品なお部屋でした」

そこをレースで彩ったことがありましたね。それが珍獣捕獲作戦の第一弾でした。あの時の旦那《だんなさま》様の苛立ったお顔ったら。

こっそりと思い出し笑いをしてしまいます。

「ということは、ここの部屋とまったく違うテイストだよね。そっけなく感じなかった？」

「男性のお部屋はこれまで父か弟の自室ぐらいしか入ったことがありませんが、このようなものかと思っておりました。主人はお休みでも自室でお仕事をしているそうです。ですからそのようなお部屋が最適なのかもしれません」

「休みの日まで仕事？　レオナルドは新妻を迎えても、仕事中毒は変わらないんだ？　そもそもあいつ、趣味なんてなさそうだもんね」

「趣味」

少しばかり棘《とげ》のある言葉に唇の端がぴくりと動きます。

「うん。レオナルドに趣味はあるの？」

以前、旦那様がお休みを取られた時、何をしていいか分からないとおっしゃっていました。それだけ仕事に、何かに追われている人生だったのでしょう。

「恥ずかしながら存じません」

「だろうね。多分趣味なんてないよ。目の前のことだけしか見えないやつだから」

きっぱり言い捨てるルミン様が癇《かん》にさわ――はっ、ルミン様はお客様、そう、お客様。

「これまではこの家の流儀を学ぶことに精一杯で、レオナルドにまで関心が行かなかったかもしれないけど、そろそろ気付き始めているんじゃない？　あいつの視野の狭さと頭の固さに」

「視野の狭さと頭の固さですか？」

「そう。大きな力を思いのまま使える立場にいるのに、実はその立場に振り回されているってこと。振り落とされないように必死でしがみついているってこと。レオナルドは立場に縛られて自由な生き方はできないんだよね。無器用なほど現実主義だから」

ルミン様はそう言いながらこちらにやって来ると、私のすぐ横に腰かけました。

私はとっさに身をソファーの端に寄せます。

席を立って向かい側に座り直そうかとも考えますが、失礼に当たりそうです……と言いましても、本当に失礼なのは主人が不在の中、その妻のすぐ横に座るルミン様のほうですけれど。

「まあ、俺は伯爵家の次男で、彼は侯爵家の嫡男だったからね。責任の重さゆえに現実を見ざるを得ないのかもしれないけど。彼はほら。他人にも全然興味がないでしょ？　今、自分がすべきことにしか気を向けない人間で、人との付き合いなんてどうでもいいと考えているんだよね」

確かに旦那様は結婚式で私を一人きりにもしましたし、何日も会わずに放置しました。最初は態度だってそっけなくて、反省の色も見せない冷たい人でした。けれどのちに反省も謝罪もしてくださいました。

「人との繋がりを大事にするとしたら、それは自分に利がある時だけだよ」

私との結婚も利益があったからでしょう。けれど、それを言うのならば、私のほうだって同じです。クレージュ家にも利益があったから結婚合意に至ったのです。

「人を信用していないんだよ。要するに」

そうなのでしょう。そうでした。ですがそれは家族愛に恵まれず、どこまで人を信用して良いのか分からなかったからでしょう。

「大丈夫？　君も疎《うと》まれていない？」

「いいえ。そんなことはありません。わたくしのために時間を使ってくださっています」

旦那様は家族と過ごす時間がなく、家族愛というものを知らずに育ったせいで、人との距離の取り方を分かっていなかったのだと今になって思います。

ですが分からないのならば、これから分かればいい。それに今は分かろうとしてくださっているのです。

笑顔が増えてきた旦那様は、これからきっともっと心穏やかに私に寄り添ってくださるに違いありません。

「またまたぁ。君も災難だね。レオナルドを伴侶にしなければならなかったというのは」

なぜ旦那様のことをよく知りもしないこの方に、そこまで言われなければならないのでしょうか。

「レオナルドは帰りが遅いことが多いの？」

「……ええ」

そして私も彼と同様、頭では分かっているつもりでも、本当の意味で理解していなかったのです。

人間には役割というものがあり、皆、それに励んでいるのだということを。

美しい景観も、綺麗に整備された道も、治安の良さも——いいえ、普通に生活できるその普通さえも、すべて当たり前のものではありませんでした。その普通を保つために努めてくださっている人々がそこにいたのです。

——そう。旦那様には旦那様の役割があって、それを果たそうと懸命にご尽力しているお姿を私は見ようともせず、知ろうともしなかったのです。

「新妻を放っておくなんて、本当に冷たくて酷い男だね。俺なら君みたいな可愛い子を放ってはおかないな」

色気のある笑みを見せたルミン様は、膝の上に置いた私の拳に自分の手を重ねてきます。

私はサルヴェール侯爵家の女主人です。女主人として立派な務めを、丁重なおもてなしを、旦那様が恥じぬサルヴェール侯爵夫人として——

「旦那様は」

「ん？」

「旦那様は大変忙しいお方なのです」

女主人として立派な務めですって？　丁重なおもてなしですって？

そんなもの知るものですか！

家よりも主人を守らないでどうするのです。

私は彼の手を振り払うと、口元に笑みを作りました。

「責務を負わないあなた様とは違って」

◆◆◆

今日も。ルミンはまさか今日も来ているのだろうか。

「……まっ！」

リゼットの高潔さを考えると彼女が不貞を働くとは考えられないが、一方で彼女は純粋だから手《て》練《だ》れのルミンに丸め込まれてしまうことだってあるかもしれない。

「――さま！」

いや。そもそも私よりもルミンのほうが会話一つとっても上手だし、楽しいだろう。夢を抱かせてくれるような力がある。堅苦しい私と違って心やすい。だから惹かれてもおかしくないわけで。

いやしかし、あいつは一時の恋を楽しむだけ楽しんで、簡単に女性や周りの人間の人生を狂わせていくようなやつなんだぞ。その相手に私のリゼットを選ぶなんて到底許せることではない。だいたい、私のほうが彼女のことを心からあい――あい？

「レオナルド様！」

ニコラスの叫び声が聞こえて我に返る。

「あ……ニコラス、どうした？」

「どうしたじゃないですよ。さっきからずっと呼んでいるのに。机をご覧になってくださいよ！」

「え？」

視線を落とすと机がなぜか水浸しになっていて、彼がそこを一生懸命拭いている。

「ほら、もう！　カップをしっかり持ってください。まだこぼれていますよ！」

「え？　あ……」

言われて気付いた。カップが口にまで届いていない状態で傾けているせいで、机にお茶がこぼれていたらしい。

「ああ、悪い。私が自分で拭く」

焦ってカップを置いてニコラスの布巾を取り上げようと手を動かした時、何かが手に当たって倒れる。

「わあああぁっ！　何、インクのボトルを倒してるんスか！」

「あ……わ、悪い。拭こう」

「いい！　いらないっす！　レオナルド様はもう何もしないで！　状況が悪化するから！」

「わ、悪い」

ニコラスに叱られ、ただ両手を上げて傍観と謝罪に徹するのみだ。

「どうしたんですか？　ここ二日仕事に集中できていないですよね。ミスも多いですし、おかしいですよ。今日は特に」

「ああ。実は……あ、いや。その。何でもない。大丈夫だ」

「全然大丈夫じゃないっすよ！　これ以上被害を広げないためにも白状してください！」

両手をどんと机に置かれて私は渋々話し出した。

すると……

「何ぐずぐずしてるんスか！　だったらさっさと帰ってくださいよ。今日もそのルミン様とやらが来ているかもしれないんでしょ」

「え？　いや。帰るにはちょっと早い」

「いいから。ここにいてもレオナルド様、仕事にならないから！　ほら、帰った帰った！」

「……悪い。後は頼む」

ニコラスに鞄を押しつけられて、私はいつもより早く帰宅することになった。


というわけで、屋敷に帰って来たのだが。

「旦那様。お早いお帰りで」

「ああ。ルミンは」

オーランドに軽く返事をし、すぐに尋ねる。

「はい。お見えになっております」

「そうか」

やはり早く帰宅して正解だった。ニコラスには感謝だ。

「サロンでリゼットが応対しているんだな？」

「はい。部屋にアンヌを待機させておりますので」

「分かった」

足早にサロンへと向かうと、わずかに開かれた扉の奥からリゼットの声がもれ聞こえてきた。

「——ら。伝わりませんでしたか？　失礼いたしました。ではもう一度お分かりになるよう、詳細にお伝えしましょう」

彼女のいつにないどこか皮肉っぽい声に、ノブに伸ばした手を止める。

「旦那様はこの格式高いサルヴェール侯爵家を存続させるために、侯爵家を支えてくださっている領民の方々が幸せでいられるように、日々邁進《まいしん》されているお方なのです。重責を一人、御身に担いお辛いこともおありでしょう。ですがそれをご自分の中に収め、懸命に責務を果たそうとなさっているのです。すべてを抱えながら、わたくしのために時間を取ってくださってもいるのです。お遊びに呆けているお方とは、覚悟のほども努力のほども、そして思いやりのほども桁違いです」

「あ、あのさ」

ルミンが何か言葉を挟もうとするが、リゼットはそれを許さない。

「頭が固い？　結構です。不器用でも家のため、家族のため、誰かのため、尽力されている旦那様の生き方のほうが、ただ夢の中に生きるあなた様よりも何倍も輝いていて最高に格好いいです！」

彼女の熱い声が、言葉が、思いが胸に火を灯す。

旦那様、と小声で呼びかけ私の背中に手を置くオーランドに、振り返って笑んでみせた。

「それに旅で世界が輝いて見えるのは、そこに住む人々の真摯な思いと日々の努力の結晶を、客観的な立場で目にすることができるからです。あなた様は旅から、交流する人々からそれらを学ぶことすらできなかったのですか」

「なっ」

絶句するルミンの声が聞こえたところで、私は扉へと向き直るとノックをして返事も待たずに開く。

「旦那様、お帰りなさいませ！」

私の顔を見るなりリゼットはすぐさま立ち上がって明るい笑顔で迎えてくれ、私も笑みを返した。

「ああ。ただいま」

「やあ、レオナルド。お邪魔しているよ。君、結婚したんだってねー。風の便りで聞いて驚いちゃったよ」

リゼットだけを見ていたかったが、声がするので仕方なくルミンを見ると、足を組んでソファーに座ったままで視線だけこちらに向けていた。

動揺の色を見せないのはさすがと言ったところか。

「ああ、ルミン。私の不在中に何度も来てもらったそうだな。では感謝の意を表して、私自ら玄関までお見送りさせていただこうか」

「相変わらずつれないな。久々に会ったのにさ。そんな冷たい態度は奥さんにも取っているんだってね？　毎日君の相手をするのは大変だって話していたんだよね、リゼットちゃん」

ルミンが私を煽ろうとしているのは分かるが、ただ彼女の名を呼ぶことに対して苛立ちを覚えるだけだ。

「そ、そんなことは！　そんなことは申しておりません」

人を信じることが難しい時期があった。しかし彼女の温もりを感じ、人を信じようと思えるようになった。そんなきっかけをくれた彼女の言葉を信じないわけがないだろう。

「分かっている。君はそんな人間じゃない」

リゼットに頷いてみせると彼女は嬉しそうに頬を赤く染めた。

私は彼女からルミンに視線を戻す。

「ルミン、私がいる時に改めて礼の場を作ろう。とりあえず今日はもう帰れ。どうせまだ本家にも帰っていないんだろう？」

「えー。ようやく会えたんだし、夕食ぐらいごちそうしてくれてもいいんじゃない？」

「夕食を取ったら帰りが遅くなる」

「じゃあ、泊めて。余っている部屋なんていっぱいあるだろう？」

ため息をつくと背後に立つオーランドを振り返る。

「馬車を出してやってくれ」

「えー。泊めてくれないのか？　わざわざ結婚祝いに来た客に対して非常識じゃないか？」

「私たちは結婚したばかりだ。その新婚夫婦の家に泊まらせろと言うほうが非常識では？」

「へえ？　本当にレオナルドが新婚生活しているわけ？　想像できないなあ」

からかうルミンに対して眉がぴくりと動きそうになったが、狼狽しているリゼットを見て私は息を大きく吐く。

「ああ。想像する必要はない」

つかつかとリゼットに歩み寄ると彼女の細い腰を抱き寄せ、驚く彼女の顎を取って仰向かせると口づけをした。

初めて触れたリゼットの唇は想像以上に甘く、小さく震えてぎゅっとしがみついてくる彼女があまりにも可愛らしくて、いつしかルミンのことも頭から抜け落ちて唇を貪《むさぼ》っていると。

「分かった分かった、ごちそうさま。帰るよ」

うんざりしたような声が聞こえたが、私はそのまま小さく手を上げた。

◇◇◇

旦那様の熱い唇が自分の唇に重ねられた時、驚きのあまり強ばってしまいました。

直後、おそらくルミン様に形だけでも見せようとしているのだろうと察しました。けれど旦那様は口づけを止めるどころか、さらに深く求めて熱を与えてきます。

普段の旦那様からは考えられないくらい、口づけは強引でした。

それが恐ろしくもあるのに、間近に感じる旦那様の吐息と体温を求めて思わずしがみついてしまいます。すると、私の腰に回った腕にさらに力が入りました。

呼吸さえ奪われるような口づけが続き、ようやく唇を離された時には自力で立てないほどになっていました。

「リゼット」

旦那様は熱く低くかすれた声で私の名を呼びます。

乱れる呼吸が整う前にまた旦那様の顔が近づいてきて一瞬怯みましたが、今度は羽のように軽く触れて離す口づけを繰り返しました。

激しい口づけにはただ翻弄《ほんろう》されて強制的に胸の鼓動を高められたように感じましたが、気遣うような口づけはなぜか胸をじんわりと熱くさせます。その熱がさらに上昇したのでしょうか。両方の瞳から熱がこぼれて頬を伝っていることに気付きました。

「リゼット……」

旦那様は目を見開いて動揺し、私から少し身を引きます。

「わ、悪い、リゼット。その。君があまりにも……可愛くて。人前で無理にすまなかった」

最後は苦い表情を浮かべる旦那様に私は首を振って微笑みました。

「いいえ。わたくしは嬉しいのです」

「――っ。リゼット」

再び旦那様の顔が近づいてきたその時、ごほんと大きな咳払いが響きました。

私たちは慌てて身を離し、こっそりと旦那様越しに覗くと、そこにいたのはオーランドさんや侍女さんたちです。

どうやら咳払いをなさったのは侍女長さんだったようですが、彼女はできるだけこちらを見ないようにと視線をそらしています。一方、まじまじとこちらを見ていたのは若手の侍女さんたちです。頬を赤く染める方やなぜか涙目の方もいますが、中にはひゅうひゅうと口笛を吹いてはやし立てる人もいます。……ええ、はやし立てる中心はレイナさんですね。

いつから見られていたのでしょうか。恥ずかしくなって私は慌てて旦那様の胸に隠れました。

「旦那様。ここには若い娘もおりますし、そういうことをなさるのは扉を閉めてからにしていただけますか」

侍女長さんははやし立てる侍女さんたちを軽くたしなめ、集まった人たちに解散するよう告げた後、旦那様へと苦言を呈されました。

旦那様はきまりが悪そうにしています。私も同様です。

「……悪い。と言うか、開けっ放しで出ていったのはルミンだと思うが」

言われてみればルミン様のお姿がありません。いつお帰りになったのでしょうか。ご挨拶もしませんでしたが、ここにいないアンヌさんがお見送りしてくださったのでしょうか。

「それと夕食の時間にございます。ご用意してもよろしいでしょうか」

侍女長さんは続いて事務的にそうおっしゃいました。

「ああ。では準備を進めてくれ。着替えたらすぐに行く」

私は正直、今は胸がいっぱいで食事がお腹に入るかどうかは自信がありません。すると旦那様は私を見ました。どきりとまた胸が高鳴ります。

「リゼット、君も準備を。行こう」

「は、はい」

はにかむ旦那様は私の背をそっと押して促し、私たちはサロンから出ました。

少しぎこちない、それでも穏やかな夕食が始まります。結婚当初は一人だったことを考えると、大変な進歩です。

「昨日、久々に夕食を一人で取ったが味気なかった。夜もあまり眠れなかったように思う」

「……はい。わたくしもそうです」

旦那様も私と同じことを思ってくださったようで、嬉しくなりました。ただ、私はしっかりと眠れておりました。申し訳ありません。心の中で謝罪します。

「そうか」

照れたご様子で視線を外されますが、意を決したようにまた私を見ます。

「リゼット。これまでの結婚観や君に対する私の言動を後悔している。本当に……すまなかった」

「謝罪をするのはわたくしも同じです。旦那様のお仕事の大変さを理解しようとせず、お疲れなのに数々の悪戯《いたずら》を仕掛けて申し訳ございませんでした」

「それは私を君のもとに訪れさせるためだろう？　まあ、嫌がらせもあったとは思うが」

そう言って苦笑いされるので、私は素直に頷くことにしました。

「はい。そうです。最初は旦那様の態度に対して、腹が立って始めた部分もあります。ですが途中からは旦那様のご反応が――お会いできるのが楽しくなってきまして、でも完全に嫌われる前に止めようかといつしか思うようになっていました」

旦那様は、今度はくっと喉で笑います。

その表情は決して不快そうではありません。

「私も同じだな。君との攻防を楽しむようになっていた。ほとんど全敗だったがな」

「はい。正直、負ける気がしませんでした。わたくしには強いお味方がたくさん側にいてくださいますから。ですから、これからも負けませんからね」

私は片目を伏せて勝者の笑顔を返しました。


――夜。私は湯浴みを終えた後、上質で滑らかな寝衣に身を包み、アンヌさんに髪も丁寧にとかしてもらいました。

「ありがとうございます、アンヌさん」

「はい。奥様。今日はお疲れさまでした。とても格好良かったです。私の出る幕はありませんでしたね。ルミン様に拳の一発でも入れようかと思っていましたのに」

拳を作るアンヌさんに笑みがこぼれてしまいます。

「いいえ。側にいてくださったから、とても心強かったです。いつも側にいてくれてありがとうございます。アンヌさんがいてくださるからわたくしは強くいられるのです」

「……奥様、ありがとうございます」

アンヌさんもまた静かに笑いました。が。

「この後はお側にいられませんが――頑張ってください」

何やら意味深な言葉に私は目を瞠《みは》ります。

「え？　何を頑張るのですか？」

「先ほどの旦那様のがっつきようを見ていましたら、少々思うところがありまして。……もしかしたら私が二度も邪魔してしまったせいもあるかもしれませんが」

アンヌさんの姿はなかったように思うのですが、やはり見られていたのですね。ですが、がっつきようとは……。端からはそう見えたのでしょうか。また頬が熱くなります。

「あ。えと、思うところですか？」

「はい。とりあえず頑張ってください」

「ですから何を」

「それでは私はこれで失礼いたします」

私の問いに答えてくれないままアンヌさんは笑顔で部屋を出ました。

それと入れ替わるように旦那様が入って来ます。

いつもと違う熱っぽい瞳で見つめてくる旦那様にどきどきと鼓動が速くなり、硬直してしまいました。

「リゼット」

旦那様が穏やかな笑みを浮かべると手を差し出し、私もまたほっと笑みをこぼして手を取ります。

先ほどとは違って優しく抱きしめられ、耳元で低く不器用な愛を囁《ささや》かれました。

「……はい。わたくしもお慕いしております」

お返事すると旦那様は微笑し、そっと口付けを落としてくれました。

そうして私たちはこの夜、ようやく心と体を通じ合わせた夫婦となったのです。気持ちが体からあふれ出そうなくらい幸せ一杯でした。

――ただし。

アンヌさんが懸念されていた通り、優しげな旦那様はベッドに入る前だけで、ごめんなさいもう許してくださいと、この夜初めてレースの白旗を上げたということだけは……申し上げておきましょう。

◆◆◆

……もう朝か。

朝の光を感じて目が覚めた。

今日は朝が来るのが早い。とても眠った気にはならないが、眠りの浅い日が続いていた鬱々とした日常よりもよほど目覚めが良い。とはいえ、こんな日はもう少し眠りたいところだ。まあ、私が動かなければ他の者が仕事にならないからそうも言っていられないが。

横を見るとリゼットはまだ眠っている。

起こさないようにできる限りそっと動いたつもりだが、もともと眠りが浅かったのか、私の身じろぎで意識を浮上させたリゼットと目が合う。

ぼんやりした様子で何度か瞬きしていた彼女は段々と頭がはっきりしてきたようで、私の姿を認識して「旦那様」と呟いた。そこで朝の挨拶をすることにした。

「おはよう」

「おはよう、ございま――はっ」

自分の格好に気付いたらしいリゼットは、ふわりとした笑みを引っ込めると小さな悲鳴を上げて、慌ててシーツの中に身を隠した。

何と気持ちの良い朝だろう。

多少の気だるさはありつつも爽やかな一日の始まりだ。なぜなら本日は目覚めてもリゼットが私を蹴り落とさなかったのだから。……単にその体力が失われているだけのようにも思うが。

「もう、朝なのですか」

羞恥《しゅうち》から目だけこっそりと出して尋ねてくる姿はおかしくて、つい笑みがこぼれてしまう。そして愛おしくもある。

「ああ。私は仕事に行く」

「で、ではわたくしも」

かすれた声で言い、重だるそうにむくむくと動き出そうとしたので止める。

「ああ、いい。今朝の見送りはしなくていいから、ゆっくりしていればいい。無理をするな」

「……ゆっくり、ですか」

彼女がオウム返しする言葉にふと気付いた。

リゼットが屋敷に来たばかりの頃、リゼットにはゆっくりくつろいでいてくれさえすればいい、とオーランドに言付《ことづ》けた。あの時は正直、余計な真似をしてくれるなという皮肉しか込めていなかったと思う。同じ言葉でもこうも意味が変わってくるんだなと苦笑いしてしまった。

「でも朝のお見送りをしたいです」

少しがっかりしたような彼女に、先ほどとは違った嬉しい気持ちの笑みがこぼれる。

「ありがとう。では、ここで見送ってもらうことにする。今日は無理するな。出迎えも体が辛いなら休んでいればいい」

「……はい。ありがとうございます。お気をつけて行ってらっしゃいませ、旦那様」

体力の限界でまどろみかけている彼女の頭を撫でて瞼に口づけを落とすと、覚醒したのか彼女の顔は赤く染まった。


「今日はこれまた一段とご機嫌ですねー、レオナルド様。昨日とは大違い。何だか肌つやもいいかも。もしかして男の出現で奥様との仲が進展したんですか？　……って。そんなわけないか。奥様との勝負に勝ったとか？」

朝、職場の席に着くなりニコラスはそう尋ねてきた。

そんなに顔に出ているのだろうか。思わず頬を掻いてしまう。

「いや。そうかもな。だが勝敗はもうどうでもいい」

私の言葉が意外だったのか、彼は大げさに目を見開く。

「どうしたんですか？　何だか急に大人になりましたね。――え？　もしかして大人になっちゃいました⁉」

「大人とは何だ、大人とは。もともと大人だ私は」

「いやいや。言動はかなり子供っぽかったっすよ。まあ、ともかく上司が上機嫌なのは良いことっすね！」

ニコラスの言う通り、確かに普段不機嫌そうなアスペリオン公爵が笑顔だった時は最初、虚を突かれたが、別れた時の気分は悪くはなかった。作られた笑顔ではなく、心からの笑顔は人の心を和やかにするのだろう。

そういえば、リゼットから向けられる笑顔も最初はくすぐったいような気まずいような感覚があったが、次第に自分もつられるように笑んでいたような気がする。

「……そう、だな」

「ご機嫌ついでに俺への特別手当、頂けません？」

ニコラスはにこにことしながら席に近づいてくると、図々しく要求してきた。

確かに彼はこれまで文句を言いながらもよく働いてきてくれたし、相談と言うか、愚痴も聞いてくれた。働き方の考えも改まったことだし、報酬は必要かもしれない。私は頷く。

「ああ、分かった。加えて休暇も与える。奥方と旅行にでも行けばいい」

「――はあっ⁉」

一瞬虚を突かれた表情をしたのち、本気で驚いたように彼は目を丸くする。

「ど、どうしたんですか？　頭でも打ったんですか？　もしかして階段から落ちたんですか？　あ、レオナルド様を恨んでいた誰かからとうとう殴られたとか⁉」

「だとしたら犯人はお前だな」

「まさか！　こんなにもレオナルド様に尽くしている俺が第一容疑者だとお考えなんて。やっぱり頭がおかしくなっちゃったんですね⁉　大変だ。医者、お医者様を呼びますよ！」

「そうか。ニコラスは休暇も特別手当もいらないんだな。助かる。私は休むから一人で頑張れ」

「冗談ですってば。いりますよ、いりますったら！　下さい！」

ニコラスは大慌てで私に両手を差し出した。


仕事が終わり、帰途につく。睡眠不足の中、ニコラスの相手をして、ああ、疲れた。

「お帰りなさいませ、旦那様」

リゼットはいつもより少しだけしおらしい様子で、けれど笑顔で私を出迎えてくれた。

「ああ、ただいま」

彼女の出迎えで自然と口元が緩む。

ただ寝に帰るだけだった冷たく無機質な屋敷が、いつの間にか温もりのある家へと変わっていてほっと肩の力が抜ける。これもすべて彼女のおかげだろう。

「リゼット、体は大丈夫なのか？」

体を労《いたわ》るつもりだけで他意はなかったが、彼女は恥ずかしそうに大丈夫ですと答えながら、頬をぼっと赤く染めてうつむく。

「っ！」

……まずい。可愛すぎる。

そのまま抱きしめたくなったが、ごほんと離れた所から見守るオーランドの咳払いが聞こえて、はっと我に返る。

ひとまず欲を食で満たすことにしよう。私もまたわざとらしく咳払いする。

「リゼット、食事はもう取ったか？」

「いいえ。まだです。ご一緒させていただいてよろしいでしょうか」

「ああ。もちろん」

鞄を受け取ってくれた彼女は、オーランドの代わりに部屋へとついてきてくれる。そんな行動一つとっても愛おしく思える。

「ところでリゼット。手芸品は溜まっているのだろう？　次の休みの日、一緒に福祉施設に行かないか？」

彼女が買い物をする所、ふと目にした所、人と触れ合った所、すべて自分でも行ってみたい。行ったことがある場所だったとしても、きっとこれまでと景色が異なって見えるだろう。

「いいえ。参りません」

「……え」

リゼットから澄《す》まし顔で拒否されて、思わず足を止めてしまった。しかし彼女はすぐにくすくすと笑う。

「次は教会へ寄付しようと考えていたのです。ですから教会へご一緒していただけませんか」

「あ……ああ。分かった」

やはり彼女には敵わないな。

してやられた感で少々悔しかったが、肩をすくめて笑みを返す。

「また部屋に悪戯《いたずら》を仕掛けていないだろうな」

部屋の前に立つとリゼットを振り返った。

「あら。お望みだったとは存じませんでした」

「当然お望みじゃない」

「ふふ。大丈夫です」

「信用するからな」

そう言いながら部屋の扉を開けると、リゼットが笑顔で私に向いた。

「はい。では旦那様、のちほど。――あ！　旦那様、そこに！」

「え!?」

リゼットが指さす足元に慌てて視線を向けるが、そこには何もない。

「……リゼットォ」

「うふふ。冗談で――っ!?」

私は彼女の腕を取って部屋に引き込むと、続く言葉を唇で遮った。

◇◇◇

「行ってらっしゃいませ、旦那様。どうぞお気をつけて」

「ああ。ありがとう。なるべく早く帰ってくる」

結婚した当初は、旦那様のこんなお言葉を聞けるとは夢にも思いませんでした。幸せな気持ちに浸っていると旦那様はふっと笑い、足を一歩踏み出して私に近づきます。

「旦那様？　どうな――っ！」

一瞬、驚きで私の中の時間が止まりました。

「では行ってくる」

「……は、はい。行ってらっしゃいませ」

ほんのひと時だけ唇に触れた熱は、旦那様の姿と共に瞬く間に消えていきます。嬉しくて、でも名残惜しくて、出かけてしまった旦那様を扉越しに見つめるように立っていると。

「珍獣捕獲作戦《だんなさま》もそろそろ終了――でしょうか」

「きゃっ」

突如背後からアンヌさんの声が聞こえて振り返ると、そこにはアンヌさんだけでなく、レイナさんや他の侍女さんたちが揃っていて笑顔でこちらを見ていらっしゃいました。

慌てて頬を押さえて緩みを整えます。

「み、皆さん、お揃いだったのですね。……そうですね。頻繁に顔を見せる珍獣は、もはや珍獣ではありませんものね」

くすりと笑ってそう申しますと。

「あーあ。ざーんねん！　とても楽しい日々だったのですが」

レイナさんが笑顔で肩をすくめました。

「確かに、日々に張りが出ましたよね」

「それに奥様のおかげで手芸が上達いたしました」

「あ！　確かにそうです。私、実はすごく苦手だったのですが、皆と一緒にやって、楽しく学ばせていただきました。まだまだですけど」

そう言って照れくさそうにご自分で作ったハンカチの刺繍《ししゅう》を見せてくれます。

お花と鳥とウサギで悩んでいた侍女さんで、ご自分ではウサギを作ったようです。

「とてもお上手ですし、可愛らしいです！」

お世辞ではなくそう言いますと、彼女は嬉しそうに微笑みました。

「ああ、それにこのお屋敷の雰囲気がとても柔らかく温かいものになりました」

「今は楽しくお仕事できていますものね」

「私たちの結束も強くなったし、仕事も効率よくできるようになったわ」

屋敷内の空気は本当に変わったと思います。初めてここに来た時は形だけ美しく整えられた冷たい場所のように感じましたが、今はとても温かく心地よいのです。

「奥様」

「はい！」

侍女長さんがかしこまったご様子で私を呼び、思わず姿勢を正しました。

「皆を代表して申し上げます。誠にありがとうございました」

「い、いいえ、いいえ！　わたくしのほうが」

侍女長さんのお言葉に皆さん、笑顔で礼を取られるので、私は慌てて止めます。

「わたくしのほうこそお世話になりました。嫁いできたばかりで、一人心細かったわたくしをたくさん助けていただき、誠にありがとうございます。わたくしも皆さんと一緒に一つのことを成し遂げようとする日々はとても充実しておりました」

一人ひとり見つめながら感謝を述べていますと、皆笑顔でいてくださっていますが、ほんの少しの寂しさも読み取ることができます。

「旦那様への抗議から始まったこの珍獣《だんなさま》捕獲作戦ではありましたが、そのおかげで旦那様との会話も親密さも増したので、それらが完全になくなってしまうのはとても残念に思います。ですからこれまでのような捕獲作戦ではなく、旦那様と皆さんとの親密さをさらに深めるための作戦に変更というのはいかがでしょうか」

「と申しますと」

侍女さんたちの瞳は光を取り戻し、きらきらと輝き始めました。

「ええ。これまでよりも回数はぐっと減っていくことになるかとは思うのですが、今後も引き続きご協力いただければと思います」

「やったあ！」

皆が盛り上がる中、レイナさんが一際高い声を上げると、侍女長さんが静かになさいと注意します。

「奥様、本当にその方針でよろしいのですか」

「はい。侍女長さん、皆さん、どうぞよろしくお願いいたします」

私の強い意志に侍女長さんならびに侍女さんたちは皆笑顔で、かしこまりました奥様と頷きました。聞こえていないふりをしているオーランドさんを横目に見ながら。


お休みの日、旦那様と共に教会を訪れました。

旦那様がお顔を出すのは相当珍しいらしく、聖職者様は少し、いえ、かなり驚かれたように見えます。けれどすぐに笑顔で私たちを迎えてくださいました。

「君は教会も頻繁に訪れていたんだな。寄付を納めている私よりも君のほうが、認知度が高いんだが」

教会を訪れる方々や子供さんたちが私に笑顔で挨拶をしてくれるものの、横の旦那様に対してはかしこまった様子でしずしずと挨拶したことをおっしゃっているのでしょう。旦那様は少々顔を引きつらせて笑っています。

「ふふ。旦那様、何と申しましてもお金は大事です。生きていくためには必須のもの。多額の寄付をなさっているのは素晴らしい行為です。ですがやはり人と繋がり合うこと、心を通い合わせることも大事です」

私が手芸を教えた子供たちの中に、将来は服飾関係のお仕事に就きたいと夢を持ってくれる子もいました。人と人が繋がることで、人の可能性を広げられるのだと私もまた知ることができたのです。

「人との繋がりは何ものにも代えがたいものなのです。だって――旦那様への悪戯《いたずら》は一人でできることではありませんでしたもの」

そう続けると旦那様は苦笑いしました。

「そうだな。……リセット」

「はい、何でしょう」

「結婚式をやり直さないか？」

「え？」

驚いて目を瞠《みは》ると旦那様は気まずそうに頰を掻きます。

「私が自分の都合で君を放置しておいて勝手な言い分だと思うが、祭壇の前で私の妻になる君のウエディングドレス姿を、その……見たいんだ。君のご家族を呼んで、それから家の者たちも呼ぼう」

サルヴェール家に仕えてくださっている皆さんのことまで考えてくださるようになった旦那様に、嬉しくなりました。

「はい！　では、旦那様のご家族もお呼びしましょう」

「それは……」

目を伏せて言葉を詰まらせる旦那様に、私は悪戯《いたずら》っぽい笑みと明るい声を向けます。

「わたくしたちの結婚式を見守っていただくためではありません」

「え？」

「幸せな結婚というものをご両親に見せつけてさしあげましょう！」

旦那様は目を見開いて驚いたのち、ふっと笑みをこぼして頷きました。

◇◇◇

本日、結婚式のやり直しの当日。

私は少し緊張気味に、一人で結婚式を挙げた同じ教会で、同じドレスを着て、同じ聖職者様の前に立ちます。ただし前回と違うところは私の横には旦那様がいて、そしてたくさんの招待客がいらっしゃることです。

笑顔がなく厳格そうなお義父《とう》様、旦那様によく似たお美しい顔立ちのお義母《かあ》様、そして少し微笑んでいるお義姉《ねえ》様ご夫妻。嬉しそうな私の両親や弟妹に、サルヴェール家のオーランドさんを始めとした侍従さん、アンヌさんやレイナさん、侍女長など侍女さんたち。教会や福祉施設で出会った子供たち。また、親しくさせていただいているアスペリオン公爵ご夫妻にもご列席いただいております。

王太子殿下もご出席をお望みだったそうなのですが、どうしても外せない公務があり、旦那様になぜこの日にしたと文句をおっしゃっていたそうです。旦那様曰く、殿下にご出席いただくとなると警備の面など大変だから、わざと公務の日を狙ったそうですが。

さらに旦那様の部下でいらっしゃるニコラス・アッカーソン様と奥様。

ニコラス様は初対面にもかかわらず、なぜか尊敬の念を含んだようなキラキラした瞳でご挨拶いただいたので、少々戸惑いました。けれどとても明るくてお人柄が良く、旦那様は職場環境に恵まれているのだなと思いました。

そんな方々にお集まりいただき、以前とは打って変わって明るく華やかな雰囲気で気持ちが昂《たかぶ》ります。

聖職者様は旦那様と私を見つめ、心から安心なさったように微笑みを浮かべました。そして旦那様へと問いかけます。

「新郎レオナルド・サルヴェール、あなたはリゼット・クレージュを妻とし、健やかなる時も、病める時も、喜びの時も、悲しみの時も、共に分かち合い支え合い、その命ある限り真心を尽くすことを誓いますか？」

「はい、誓います」

旦那様は深く頷きながら返事をしました。

「それでは新婦リゼット・クレージュ」

「あ、はい。誓います」

名を呼ばれた瞬間、私は反射的に淡々と答えてしまいました。早い早いと焦ったような旦那様の声が横から聞こえます。

軽いトラウマですね。これは。緊張していたということにしておきましょう。

一方で事情をよくご存じの聖職者様は少し苦笑なさると、こほんと咳払いをして改めて私に問いかけました。

「新婦リゼット・クレージュ、あなたは新郎レオナルド・サルヴェールを夫とし、健やかなる時も、病める時も、喜びの時も、悲しみの時も、共に分かち合い支え合い、その命ある限り真心を尽くすことを誓いますか？」

「――はい。誓います」

今度は一呼吸置いて私は誓いの言葉に対して返答しました。

たった一人でおこなった結婚式の時の自棄《やけ》気味になっていたものとは違い、その声にはきっと実感と喜びがこもっていたはずです。

「では、誓いの口づけを」

私たちは向かい合うと、旦那様が私の作ったベールを上げます。視界が開けたそこには旦那様の照れくさそうな笑顔があって……

小さく愛していると囁《ささや》かれて旦那様の唇が重なると、私の胸には温もりが、教会には大きな拍手が広がりました。

今この瞬間が、新しい人生への再出発となるのでしょう。

この先どんなことが待ち受けていたとしても、私たちはまた攻防戦を繰り広げながら二人で乗り越えていくことができるはず。

私はそう信じています。

「――様。わざわざ足をお運びいただきましたが、本日、旦那様は奥様と福祉施設へお出かけで不在でございます。誠に申し訳ございません」

侍従長のオーランドは来訪者に対して丁重に礼を取る。

「次のお休みですか？　申し訳ございません。次のお休みはご夫婦で王宮の晩餐会への出席を予定しております。その次でしょうか。その次はアスペリオン公爵夫人に夫婦でお招きいただいております。ちなみにさらに次のお休みは、旦那様を普段支えてくださっている部下の方をおもてなししたいということで、奥様が屋敷にご招待される予定です。またさらにその次のお休みは旦那様と奥様のご両親をご招待する予定となっております」

オーランドがすらすらとよどみなく予定を挙げるものだから、訪問客は圧倒されていたが、何とかリルヴェール侯爵家との繋がりを持ちたいと考え、空いている日にちを聞き出そうとする。

「――はい？　ではいつ都合が良いのかと？　大変申し訳ありません。お休みは奥様とご一緒されることが多く、お出かけもご招待も頻繁に入りますため、現在、空きのお日にちをお伝えすることはできかねます。どうぞご理解くださいませ」

彼は相好《そうごう》を崩すと続けて言った。

「旦那様は大変忙しいお方なのです」

番外編1「花の言葉を忘れずに」

「リゼット。明日は二人で……街に出かけないか？」

「旦那様とお出かけできるのですか？　はい！　楽しみにしております」

明日は仕事が休みなので夕食時に誘ってみると、彼女は明るい笑顔ですぐに快諾してくれた。

これまで彼女が行く所についていくことはあったが、こちらから誘ったのは初めてだ。私はやり遂げた感でほっと肩の力を抜く。

それにしても何だか周りの者たちから小さな子供を見守るように、微笑ましく見られているように思うのだが、気のせいだろうか。

ちらっと側に立つ侍女長を見ると、いつもと変わらぬ澄《す》まし顔どころか、何ですかとでも言いたげに片眉を上げている。

やっぱり気のせいか。……と、思うほど間抜けじゃないぞ。

そう思いつつも、この温かい空気に表情が緩んでしまうのはもう諦めるしかない。

私は小首を傾げる笑顔のリゼットを前に頬を掻いた。


翌日。

たくさんの人で賑わう繁華街にやって来てから、しまった最悪だ、と思った。リゼットを街に誘ったはいいが、特に何の計画も立てていなかったし、女性の喜ぶようなもてなしも分からない。

左右を見ると、夫婦だか恋人だかが楽しそうな様子で並んで歩いているが、彼らは女性をどのようにもてなしているのだろうか。尋ねてみたい。

……とは言え、それがリゼットの望むもてなしとは限らない。

自分から誘っておいて完全なる手落ちでかなり気まずいが、ここは素直に直接尋ねることにした。

「リゼットはその。何か欲しい物はあるか？　行きたい所とか」

「はい。お屋敷の玄関とサロンにお花を飾りたいのでお花が欲しいです。それと屋敷の皆さんにお土産を買って帰りたいです。女性が多いから今流行《はや》りのお菓子やお茶でしょうか。侍従さんには何がよろしいですか？」

実に彼女らしい望みだとは思う。しかし彼女自身が一日を楽しむための望みがそこには入っていない。

「それはすべて屋敷のことや、屋敷の者たちのためのものだろう。君が欲しい物とか、したいことはないのか？　何でもいいぞ」

まったくもって人任せで悪いが……

「な、何でもお願いしていいのですか!?」

「ああ。何だ？」

息を呑むリゼットに私は前のめりになる。

普段は何もねだって来ない彼女だ。できる限り叶えてやりたいと思う。

「わ、わたくしは」

リゼットはそう言って街並みに視線を移した。

つられて見るが特に目立った店があるわけではなく、人が歩いているだけのように思う。

「どうした？　どこに行きたい？」

答えを促すと、彼女は視線を少し落としてなぜか頬を染めた。

「わ、わたくしは。その。旦那様と。て、て。手を。手をつ、繋いで歩きたい……です」

「――え⁉」

「だ、駄目でしょうか」

真っ赤に頬を染めて願うほどのことか？

しかし潤んだ瞳の上目遣いで伺いを立てるリゼットを拒否できるわけもない。

「それぐらい。ほら」

事務的に手を差し伸べると彼女は遠慮がちにうつむいて手を取った。

「ありがとうございます。今日の旦那様の手はとてもお熱いのですね」

「そうだな。今日は日差しが厳しくて暑いからな」

言っている側から肌を刺すような冷たい風が吹いたようだが、気のせいだ。

「え？　暑いですか？」

「と、とにかく――歩こう」

私の顔を仰ぎ見る動作をした彼女に、私は熱くなった顔を慌てて背けるとそう言って促した。

「今日は良い天気になって良かったな」

会話もなくただ二人で歩いている状態だったので、とりあえず天気のことを口にしてみた。

しかし、そう言った矢先から青一色だったはずの空に雲が増えてくるのは、本気で勘弁してほしい。日頃のおこないが悪すぎたようだ……。

空いた手で頭を抱えそうになる。

「そうですね」

リゼットが笑顔で同意してくれるのがありがたいやら情けないやら。とにかく話題だ、話題。

そう思って必死に考えていると、ふと思いついたことがあった。

「――ああ、そうだ。これから晩餐会に出席したり、逆に屋敷に客人を招待したりすることにもなるから、ドレスを新調しないとな。仕立屋に行くか」

「え。あ、ですが、ドレスなら」

彼女はそこまで言ったが途中で止めた。

ドレスは実家からいくつか持ってきているのだろう。しかし侯爵夫人として客人を迎えるのならば、一定以上の品質のドレスが必要だと考えたのかもしれない。

「いえ。そうですね。ですが、お仕立てですとお時間がかかってしまいそうですね」

「ああ、そうだな。せっかく二人で出てきたんだ。今日は色柄だけ見ることにして、採寸などは別の日に家に来てもらうことにするか」

「はい！」

しゅんとしていたリゼットがまた明るい表情になる。

ドレスを仕立てることは女性にとって気持ちが華やかになることの一つのはずだが、私との時間を大切にしてくれているのだと思うと……嬉しくないわけがない。

その後、二人で仕立屋に行き何点かの生地を見て、訪問してもらう日にちも決めると店を出た。

「気に入る生地があって良かったな」

「はい。出来上がりがとても楽しみです」

とはいえ、旦那様はどんな色がお好きですかと言われた時は少し困った。

リゼットが好きな色が好きに決まっているだろう――などとは言えなかったが。

「お茶にするか」

「ええ。そうですね」

仕立屋に入ってから離した手は、今もまだ離されたままだ。

いや、別に私が繋ぎたいわけではない。……ないが。リゼットとしても、二回も自分から切り出すのはきっとためらいがあるだろう。やはりここは私から言い出すべきだ。しかし改めて手を繋ごうかと言うのもおかしい。どうやって声をかければいいものか。

視線をさまよわせていると、ふと店先の商品が目に入った。一方、私の思惑に何も気付いていないリゼットは、あ、と小さく声を上げた。

「どうした？」

「お茶の前に、お花屋さんを覗いていきませんか？　わたくしがよくお世話になっているお花屋さんです」

リゼットが指さす方向に花屋がある。そこは見覚えのある店だった。つまり以前、私が花束を作ってもらった店だ。

「あー。……私は少し用事があるから先に行っておいてくれるか。すぐに行く」

「はい。承知いたしました」

その場で別れるとリゼットは前方の花屋へと向かう。

私は少し引き返して店で買い物をしながら、目の届く範囲にある花屋に視線を向けていると、リゼットがそこで若い青年と楽しそうに話しているのが見えた。

彼は花屋の店主だ。……分かっている。彼は花屋の店主だ。

「お待たせいたしました。商品とお釣りでございます。ご確認を」

「どうも」

私は商品を受け取るとすぐに身を翻《ひるがえ》す。

「お客様！　お釣りをお忘れです！」

「ああ、釣りは結構だ」

背中にかけられた声に顔だけ振り向いてそう言うと、花屋へと駆けて行った。

「リゼット」

息せき切ってリゼットに声をかけると、彼女は振り返って笑んだ。当然だが彼女の表情には焦りの色一つない。

「旦那様。お早かったのですね」

「ああ」

早かったというよりも、早くしたのだ。

ゆったりと構えている彼女に対して、自分の慌てぶりはどうだ？

自嘲したところで落ち着きを取り戻す。

「花は決まったか」

「はい。決まりました」

すると店主がリゼットと私の顔を交互に見て目を見開く。

「あれ。あなたは確か、たくさんの花をお買い上げいただいた方ですよね。大きな花束を持つお姿に貫禄がありましたから、よく覚えています」

忘れていてくれて大いに結構だったのだが。

「そうか。だからあの時、奥様にプレゼントされるのに難しい顔をして悩まれていたんですね！」

しかもなぜ余計なことを言うのか。

「え？」

リゼットは私の顔を見る。

あの日、彼女には売れ残った花を慈悲で買って来たのだと伝えた。

気まずい気分になっていると、店主は白い花を一輪取り出してさらに話を続ける。

「リゼットさんはこのユリがお好きなのですが、ちょうどあの時には切らしていまして、花束には入れていなかったんです。ですがリゼットさんの旦那様だと知っていたら、他にもご助言できたんですけど」

……おい、この男。とどめまで刺しにきたぞ。

唇の端がひくりと動いたが、まずはリゼットに謝罪することにした。

「そうだったのか。悪かった」

彼女のことを自分よりも知っている店主に嫉妬してしまう。しかも常連とは言え、リゼットの名前まで知っているとは。

それに、自分のタイミングの悪さにがっかりもする。ユリが好きだったとは。

すると奥から出てきた身重の若い女性が彼の耳を強く引っ張った。

「この人ったら！　お客様。この人が失礼なことを言いまして、本当に申し訳ありません」

前には見かけなかったが、どうやら彼の奥方のようだ。彼女が私に向かって謝罪する。

「ラナ、痛いんだけど。お客様の前で何するんだい？」

「あなたが悪いのでしょう」

「何の話？」

「もう！　あなたってば本当に無神経なんだから！」

二人のやり取りを見守っていると、リゼットが取りなすように私を仰ぎ見た。

「お二人、いつも仲が良いのです。それと旦那様。わたくしは旦那様に頂いたお花なら何でも好きですよ」

「――っ！　そ、そうか。良かった」

彼女の可憐な微笑みと思いやりのある言葉にのぼせそうになりながら、何とか出せた自分の言葉は何と陳腐なことか。

気付くとやり取りが終わったらしいご夫婦はにこやかに笑っていた。

私はごほんと咳払いする。

「これからまだ少し街を回りたいので、取り置きしておいてもらえるだろうか」

「はい。リゼットさんから伺っています」

「では先に支払いを済ませておく」

花の代金を支払うと店を出ることにした。

「では、帰りにもらいに来る。行こう、リゼット」

リゼットに手を差し出す――よし。我ながら自然な形になった。

「はい。ではまたのちほど参ります」

私の手を何の気なしに取ったリゼットと共に店を後にした。

……ん？　手を繋ぎたいと思ったのは私だけか？

お茶に向かっていると、屋敷の者の土産に良さそうな菓子が売られていた。

リゼットが買いたいと言うのでそこでいくつか菓子を購入し、今度こそ向かっていると前方に会いたくない男が目に入る。険のある態度の女性が去って行ったところを見ると、どうやら彼は振られたらしい。

何なんだ？　この偶然。腐れ縁なのか？

気付かないふりをしようかと思っていたが、私たちを目にして向こうから足早にやってきた。ルミンだ。

「やあ。偶然だね。レオナルドとリゼットちゃん」

だから気安くリゼットと呼ぶな。侯爵夫人と呼べ。

私はあからさまに目を細めて睨《にら》んでみる。

「ルミン、まだ国《ここ》にいたのか」

「悪い？　俺の故郷でもあるんだけど？　それにさ。俺も反省したんだよね」

ルミンはリゼットに視線を移す。

「君にさ、旅をして人々のことを何も学んで来なかったのかって怒られたものだから、身の振り方を改めようとしているんだ」

「ルミン様。こちらこそ以前は失礼なことを申しまして、誠に申し訳ありませんでした」

リゼットは彼に謝罪を述べているが、何となく面白くない。謝る必要がどこにあるんだ。

「いやいや。いいんだ。俺も思ったんだよ。これまで当たり前にできていたことができなくなるかもしれないってね」

そうだな。先ほど女性に振られて悟ったようだな。彼も少しは知ったか。世の中は自分の思い通りに進むばかりではないと。

我知らず彼に冷たい視線を向けてしまう。

「君たちは二人でお出かけ？　新婚さん、仲良いね。でもさ、君ももっと視野を広げてもいいと思うよ。若いんだし、もっと色んな人と触れ合って見聞を広めなきゃ」

ルミンは私たちが繋ぐ手を薄い笑みで見ている。

気に食わないなとリゼットの手を思わず強く握りしめてしまったが、一方、リゼットは彼に柔らかい笑みを向けた。

「はい。おっしゃる通りですね。ルミン様のおかげで視野を広げることができましたから」

「え？」

「ルミン様とお話ししたことで旦那様の素晴らしいところを再確認して、愛を深め合うことができたのです。心より感謝申し上げます」

リゼットとの仲が深まったのは、確かに彼に感謝すべきところかもしれない。

「それで深まった愛をより深めるべく、本日は夫婦水入らずでお出かけしているのです」

「あ……そう。お幸せそうで何より」

彼もすっかり毒気を抜かれたようで肩をすくめると、それ以上言うこともなかったのか、じゃあねと手を上げて意外なほどあっさりと退散した。

「ルミン様にお会いするとは、すごい偶然でしたね」

彼の姿を見送ることなく、すぐに私のほうを振り返ったリゼットを見て、自分はおとなげない態度を取るところだったときまりが悪くなる。

「……ああ。リゼット、悪かった。危うく私が険悪にして一日を台無しにするところだったな」

「いいえ。たとえどんなことが起こったとしても、旦那様とご一緒ならわたくしは平気です。――さあ、残りの時間を楽しみましょう」

リゼットは笑顔で私を促した。

彼女には悪いが早く帰りたい。帰って抱きた……独り占めしたいと思った。

その後、お茶をするといい時間になったので、花を受け取って帰宅することにした。


「旦那様、今日はありがとうございました。とても楽しい一日でした」

「……私も楽しかった。それと」

馬車の中で横並びに座るリゼットに先ほど購入した物を差し出す。

薄い素材で作られた、丸くて白い花をいくつか集めたような髪飾りだ。花の名は知らない。

「これを君に」

「まあ！　可愛い髪飾りですね。これをわたくしにですか？」

「ああ。君に似合うかと思って」

「嬉しい……。本当にありがとうございます。大切にいたします」

感激した様子で大事そうに受け取ってくれる彼女にほっとしつつ、私は苦笑する。

「悪い。先に花屋でユリの話を聞いていればそれにしたんだが」

本当にタイミングの悪いことだ。ユリの髪飾りも店にあったのに。それにそちらのほうが華やかだった気がしてきた。

「いいえ、旦那様。先ほども申し上げましたが、わたくしは旦那様に頂くお花はどんなものでも好きです。それにこの花の花言葉は」

彼女は頬を薄紅に染めると少し笑う。

「高貴、私を信じて。それと――君を愛する、という意味なのですよ」

「そうなのか」

他にも髪飾りがあったが、最初に目に入ったものはこれだった。導かれたのかもしれない。

私はリゼットの手に自分の手を重ね、彼女の目を見つめる。

「リゼット。この花言葉のように私を信じてほしい、ではなく、君に信じてもらえる人間になりたいと思う。そしてこの花言葉のように、これからも君を愛すると誓う」

「……っ。旦那様。本当ですか？　それでは誓いの口づけを」

涙目の悪戯《いたずら》っぽい笑みで問いかけてキスをねだるかと思われたリゼットは。

「――いたします」

そう言って不意打ちで近づくと、私の唇にそっと熱を重ねた。

たとえこの先、二人の間にいさかいが起こったとしても、この瞬間の気持ちは、自分が贈った花の言葉は忘れずにいたい。そして次は自分のほうから彼女に歩み寄りたい。寄らなければ。

……彼女を抱きしめながらそう思った。

番外編２「王宮の舞踏晩餐会」

「舞踏晩餐会まであと六日だな」

　夕食を終え、お部屋に戻ってソファーでくつろいでいると、横に座る旦那様がその話を切り出されました。

　以前から招待状が届いているのを聞いておりましたが、いよいよ近づいてきてしまったということですね。

　社交界はもちろん出席したことはあります。その中でも舞踏晩餐会は女性のプライドとプライドのぶつかり合い、戦場とも言え、意気込んで参加するのも、それを目にするのも好きではありません。私は早々に戦線離脱し、壁とお友達になって豪勢なお料理に舌鼓《したつづみ》を打っておりました。

　ええ。おかげさまで女性はおろか、男性も私に近づいては来ませんでしたよ。作戦は大成功でしたね。ただし戦いに参加していないにもかかわらず、終わった後には満心創痍でしたが。

　私の浮かない表情から察したようで、旦那様はため息をつきました。

「君の気持ちは分かる。私もそういった場は好まない。本来なら社交シーズンも終わっている時期ではあるが、王太子殿下からの招集で断れないんだ。私と結婚した君をお披露目しろと」

　あいつ、私が個人的に応じないものだから、陛下まで引き込んで私的な夜会を開きやがった、と旦那様は恐れ多くも王太子殿下に対してなかなかの暴言を吐かれました。

「ええ。承知しております」

気分的には嫌だとしても立場上、出席せざるを得ないのは理解しております。それに旦那様の当初の動機は横に置くとして、結婚する流れとなったのは夜会のおかげでしたから一概に悪いとは言いません。

「……正直、着飾った君を誰にも見せたくないが」

「え？　何ですか？」

小さな声で何かおっしゃったので聞き返してみますが、旦那様は首を振ります。

「いや。ドレスの準備はできているし、あとは心の準備をしてもらうだけだ。大丈夫か。今回は人数を絞った小規模の夜会とは言え、会場では君を一人にしてしまうこともあるかと思うが」

社交界はたくさんの貴族の方々が集まり、政治的や社会的、文化的な情報を交換できる場です。その際、妻とはいえ同伴はさせず、男性同士でお話しすることになるので、一人になる時間があるということでしょう。

「大丈夫です。一人には慣れております」

何せ結婚式を一人でおこなった身ですもの。誰もがおよそ経験したことのないことでしょう。私の大きな自信となっています。あれを思えば何ということもありません。

胸を張る私に旦那様が苦笑いなさるので、付け加えておきます。

「……あら。失礼いたしました。皮肉のつもりで言ったわけではないのです」

「いや。分かっている」

「そうですか。良かったです。ただ、少し不安があるとしたらダンスですね。自信がありません」

ダンスに誘われた記憶が（控えめに言っても）あまりなく、披露する機会がなかったのです。使わない技術が廃れていくのは世の常です。

……と内心で格好良さげに言い訳を呟きます。

「それは私がリードしよう」

「旦那様はダンスがお得意なのですか？」

「得意とは言わないが、人並みには踊れる」

ああ、そうですね。旦那様は女性に請《こ》われて何人もの方々と踊ってきていそうですもの。忘れる暇などありませんよね。そういえば、私は旦那様とこれまで一度も踊ったことがありませんでした。

「何て顔をしているんだ」

旦那様は私の唇に人差し指をちょんと当てました。

びっくりしましたが、どうやら私は唇をむっと突き出していたようです。

「ダンスが苦手なら今ここで少し練習するか？」

「え？」

確かに当日、旦那様の足を踏んで恥をかかせてはいけませんものね。それに初めて旦那様と踊れるのです。

私はぜひお願いいたしますと頷きました。――ところが。

「じゃあ、まず一人で踊ってくれ」

「……はい？」

「君がどこまでできるのか見たい」

苦手だと言っている者に対してこの酷い仕打ちは一体何でしょう。一人さらし者にするのがサルヴェール家のしきたりなのですか？

「ほら。早く立つ」

静かに旦那様を睨《にら》みつけるものの、構ってくれずに促されて私は渋々立ち上がりました。

「じゃあ、行くぞ」

「……はい」

旦那様は手で拍子を取ってくれ、それに合わせて私は懸命に思い出しながらステップを踏みます。恥ずかしいです。恥ずかしすぎます。観客がいる分、一人結婚式よりもさらに恥ずかしいかもしれません。旦那様の視線が刺さって痛いですし、この手順で本当に合っているのかしらという焦りもあって、ぎこちない動きになります。そしてついに。

「──あ」

足が絡み合って体がふらつきました。しかし即座に立ち上がった旦那様が腰を支えてくれます。

「も、申し訳ありません。ありがとうございます」

もしかしたら酷すぎる出来に呆れられてしまったでしょうか。

おそるおそる見上げると、旦那様は薄く唇を引いて笑っていました。

「もう！　笑わないでくださいな」

「悪い悪い。必死な君の様子が可愛くて仕方なかった」

ほ、本当にずるい方なのですから！

「それで問題点が二つ見つかった。心して聞くように」

「は、はい。何でしょう」

「一つは優雅さに欠ける」

「うっ……」

自覚はあります。

絶句した私に旦那様は少し笑うと、一方の手は腰に回したまま、もう一方で私の手を取りました。

「足運びを気にするあまり、下を向いてばかりで動きもぎこちない。もちろん基礎のステップを習得しておくことも大切だが、気にしすぎてダンスの本質を忘れないことだ」

「本質ですか？」

「ああ。ダンスの本質は求愛行動と取る者もあるが、まあ、要は人と人との交流、社交だ。君の得意分野だろう？」

何だか皮肉っぽいですね。先ほどの仕返しでしょうか。

「顔を上げて相手の顔を、私をしっかり見ろ」

その言葉に従って視線を上げましたが、旦那様の端整なお顔を直視することになり、恥ずかしくてすぐに顔を伏せてしまいました。

「言っている側からなぜ下を向く」

私の顎を取って強制的に上を向かせます。

こんな近くで旦那様の煌《きら》びやかな笑顔に耐えなければならないだなんて、私は一体何の苦行をさせられているのでしょうか。

「も、申し訳ありません」

「よし。それでは少し踊ってみよう。足を踏んでも構わないから私の動きに合わせるんだ」

「はい」

そうして旦那様のリードに調子を合わせると。

「あ……」

踊れます。まるで一足飛びに上級者になったかのように優雅さを伴って踊れます！

嬉しくなって笑顔を向けると旦那様もまた笑みを返してくださいました。そのキラキラした笑顔にまた顔を伏せようとしましたが、リゼットと低く名を呼ばれてたしなめられます。

そこで自分の気をそらすために、先ほどの問題点について尋ねてみることにしました。

「旦那様、これで優雅さは改善されましたか？」

「完璧ではないが、まあ及第点だな」

「ありがとうございます。では二つ目の問題点は何ですか？」

「それは」

少々言いづらそうに目を細める旦那様のもったいぶった態度に、私は首を傾げました。

「それは？　はっきりとおっしゃってください」

「ああ。では言うが……」

旦那様は少しの間考える素振りを見せ、やがて口を開きました。

「圧倒的に――色気が足りない」

ぐさり、と旦那様の鋭い言葉が心の臓に突き刺さります。しかも今、残念そうに私の胸を見下ろしませんでしたか？

「そ、それは生まれつきのものではないでしょうか」

無理やり笑顔を作ってかろうじて言えた言葉がそれです。

「いや。色気とは体からにじみ出てくるものだ。心配するな。それも育て伸ばすことが可能だ」

「本当ですか。一体どうし――んっ!?」

顎を取られたかと思うと旦那様の唇が重ねられました。

呼吸が乱れ、熱い吐息がもれる頃、ようやく唇を放した旦那様はそれこそ色気のある笑みでおっしゃいました。

「これから晩餐会まで特訓してやろう」

◇◇◇

王宮の舞踏晩餐会に出席する当日です。

「心の準備はいいか？」

馬車の中で隣に座る旦那様が気遣うように尋ねてくださいました。

実家で使っていた馬車は作りが悪く、地面があまり整備されていない田舎町のせいもあって、ガタガタと揺れが激しくて座っているのが苦痛でしたが、サルヴェール家の馬車は素晴らしいです。

以前にも思いましたが、華美ではないものの外装や内装も立派ですし、何より作りがしっかりしていてお尻が痛くなることもありません。クッション性のある座面は、長時間座っていたとしてもきっと心地よさは変わらないでしょう。ですが……

「いいえ。不安しかありません」

馬車の乗り心地と自分の気持ちは別です。私は素直な気持ちを申し上げました。

なぜならダンスの予行演習はなぜか色気を育て伸ばすことに集中され、肝心のダンスはまともに練習した気がしないからです。

それなのに、いざ当日となったら旦那様は、肌という肌を隠すようなドレスを着せ、首元から胸元にかけてこれでもかと言うくらいストールを巻きつけてくるのですから、にじみ出す（かもしれない）色気もすべて覆われてしまいます。

さすがに侍女長さんに見咎《みとが》められて、ストールは飾りの多いアクセサリーへの変更を渋々了承させられていましたが。

しかしこれでは特訓の意味がないではありませんか。

私が不満げにそう申し上げても旦那様は反省の色を見せません。

「自分の妻の色気を他人に見せてやる義理などないことに気付いた。それとも私以外に誰か見てもらいたいやつでもいるのか？」

旦那様が冷たい視線を送ってきましたので、私は肩をすくめました。

「もちろんいません」

「だったら問題ないだろう」

いいえ。そもそもそういう問題ではないと思うのです。

とはいえ間もなく王宮に到着するようですので、これ以上言い争いをしている時間はないでしょう。

「ああ、そうですわ！」

私はぱちりと手を叩きました。

「この季節でも夕方は冷え込んできますから、わたくし、旦那様に襟巻きを作りましたの」

「そうなのか？　それはありがたい」

「ええ。わたくしがお巻きいたしますね」

そう言って茶色の襟巻きを取り出すと、旦那様に接近して首にかけます。

旦那様からは良い香りが漂ってきて少しドキドキいたしますね。

「はい。できました」

バランスを確認するために旦那様から離れて見つめました。

「まあ。お似合いですこと！　さすが旦那様です。何をお召しになってもお似合いになりますね」

「ありがとう」

しかし旦那様はなぜかごほんと咳払いします。

「だが。……嫌でも目に入ってくるこの飾りのようなものは何だ？」

そう言って三角の形になっている部分を指で突《つつ》きました。

「耳です」

「ではこの黒い丸は？」

「鼻です」

旦那様の唇の端がひくひくと引きつっています。

「この二つある手のようなものは？」

「旦那様。誤解なさらないでいただきたいのですが」

「誤解？　誤解だと？　私が誤解しているとは到底思えないな」

「いいえ」

私は首を振ってはっきり否定します。

「これは前足です。手ではございません」

「そっちの誤解じゃない！　だから一体何なんだこれは」

旦那様はとうとう首からするりと外して襟巻きをまじまじと見つめました。

「……私に人前でこの愛らしいキツネの襟巻きを付けろと？　さすがに酷だろ！」

「旦那様はキツネがお好きだったではありませんか。――あ、まさか。ウサギ派に寝返ったのです

か⁉　酷いっ。キツネさん、お可哀想」

「何が酷いんだ、何が。お可哀想な目に遭っているのはこちらだ」

やはり旦那様にとっては可愛らしすぎる襟巻きだったようですね。しかし旦那様はまったくもうと文句を吐きながらも投げ捨てず、丁寧に畳んで座席に置きました。

やはりお優しい方ですね。

「うふふ。旦那様、失礼いたしました。こちらをどうぞ。今度こそ本当の贈り物ですよ。本日の服装に合わせました」

そう言って濃紺色の襟巻きを差し出しますが旦那様は警戒を緩めず、広げた襟巻きを隅々まで確認された後、ようやくご自分で首に巻きました。

「どうだ？」

「はい、とてもお似合いでございます」

「そうか。ありがとう」

「はい」

旦那様の満足そうな笑顔につられて私も笑顔を返しました。

「それにしても不安しかないと言っていたが、意外に余裕があるんだな。ダンス以外の心配はないと考えていいのか？」

「と申しますと？」

旦那様にお尋ねしようとしたところで、馬車が緩やかに止まりました。

「……今から嫌でも体験することになる」

先に馬車を降りて差し出してくださった旦那様の手を取り、そのままエスコートされながら会場に足を踏み入れた瞬間、旦那様がおっしゃったことの意味を悟ります。

思い上がりかもしれません。けれど私たちが会場入りしたその時、確かにざわりと空気が震えたような気がしました。それと同時に人々の視線が集中するのを感じたのです。私はとっさに旦那様を見上げました。

均整の取れた体型の旦那様は佇まいも、歩くお姿も、きっと様になっていることでしょう。

よくよく考えてみれば旦那様はサルヴェール侯爵です。高位貴族であり、王太子殿下にも信頼されるお方であり、容姿端麗で長らくどんな女性を妻にするのかと注目されているお方だったのです。

旦那様は女性にとって憧れの的であり、憧憬や熱望の瞳を、男性からは好奇の目を、あるいは嫉《しっ》視《し》や敵視を受けながら過ごしてきたのでしょう。それらの視線を跳ね除ける力を身につけてきたからこそ、旦那様は今、威風堂々と光をまとっているのです。

一方、私はどうでしょうか。旦那様と並んで歩いて釣り合いが取れる人間でしょうか。いいえ。答えは考えるまでもありません。

今までの人生でこれほどまでの視線を受けたことはなく、恐怖で体が強ばってしまいました。そして視線の強さに耐えられず、いけないと分かっていても顔を伏せてしまいます。

「リゼット」

いいえ、大丈夫。私は大丈夫です。

国一番ではないかと思えるほどの技術を持つアンヌさんに素晴らしい出来の髪結いをしていただき、レイナさんには化粧でこれは一体誰かしらと思ったほどの美女に仕上げていただき、侍女の皆さん方にもとてもお美しいですと褒められました。

ダンスだって、マナーだって、最低限の知識だって身につけてきました。それにそれに、それ――

「リゼット」

私の名を呼び、私の手にご自分の温かい手を重ねてくださる旦那様に、はっと顔を上げます。

「心配するな。君は私が誇りに思うほど立派な淑女だ」

「旦那様……」

そうです。私の側には私を信じてくださる旦那様がいるのです。

「それに、もし君に何かあったら私が守る」

心強いお言葉に胸が熱くなります。――次のお言葉までの瞬きほどの時間のみ。

「何せ君が問題を起こすと私の首も危ないからな」

「旦那様……」

急速に心が冷え、しらっとした瞳を向けると旦那様は笑いました。

「冗談だ」

「もう！」

けれど今のやり取りで肩の力が抜けました。私の顔には貼りつけた笑顔ではなく、柔らかな笑みが戻っていることでしょう。

「さあ、行こう」

「はい！」


王宮主催の夜会はまずご挨拶するところから始まります。

今回の首謀者、もとい主催者は王太子殿下ですが、建前上は国王陛下ということになっておりますので、陛下と王妃殿下、王太子殿下と王太子妃殿下とのご挨拶となります。

高位貴族から順にご挨拶していくので、私が結婚前に初めてご挨拶をした時はかなり最後のほうでした。心臓が口から出るかと思うほどドキドキしたものです。表情も声も硬いままのご挨拶で、後で失礼はなかったかと、そればかり考えていました。

もっとも陛下も殿下も、数多《あまた》の貴族のうちの末席に近い貴族の娘など認識もされておられなかったでしょう。

この度はレオナルド・サルヴェール侯爵の妻としてのご挨拶です。もちろん緊張はしていましたが、旦那様が側にいらっしゃることが何よりも気丈夫で、心のゆとりを持ってご挨拶できたように思います。

「へえ。君がレオナルドの奥さんか。彼にはお世話になっているんだ。彼共々これからよろしくね」

王太子殿下は気さくにお声をかけてくださいました。

透けるような金の髪に緑の瞳をお持ちで、雰囲気が優しげなお方です。

「ありがたきお言葉、光栄に存じます」

「レオナルドにさ、親友なのに結婚が事後報告だった上に結婚式にも呼んでもらえなかったから、君に会わせてくれと頼んでいたんだ。だけど、そのうちにと言ってばかりでなかなか会わせてもらえなくてね。仕方がないから今回、強行させてもらったんだ。親友を蔑《ないがし》ろにするなんて薄情な男だと思わない？」

殿下は旦那様のことを親友だと思っていらっしゃるのですね。結婚式にご招待しなかったために恨み節が出てきてしまいました。旦那様は陛下とお話ししておりますし、どうしましょう。

「エドワード殿下、リゼット様がお困りですわ。それに皆様、ご挨拶をお待ちです。積もるお話はまたのちほど、ごゆっくりなさってはいかがでしょうか」

すると、コーデリア王太子妃殿下が助け舟を出してくださいました。

視線を移すと王太子妃殿下はにっこりと美しい笑みを返してくださいます。

青みがかった金の髪と緑の瞳に、抜けるような白い肌、潤いのあるぷくりとした唇。

そのお姿は化粧で一時的に偽装した私とは違って、素顔に近い薄化粧でも息を呑むほどお美しいです。教養にもあふれた聡明なお方だと伺っておりますし、まさに王家にふさわしい人物でしょう。

「ああ。ごめんごめん。そうだね。では後でね」

「それでは殿下、失礼いたします」

「失礼いたします」

ちょうど陛下とお話を終えた旦那様は、私と共に改めて王太子殿下と王太子妃殿下に笑顔でご挨拶をして失礼することにしました。

「はぁ……。緊張しました」

「ご苦労さま。と言っても、今始まったところだが」

王家の方々へのご挨拶が終わり、私は大きなため息をつきました。これから晩餐会会場へと向かうことになります。

「旦那様は王太子殿下と仲がよろしいのですか。殿下は旦那様のことをご親友だとおっしゃっていました」

歩きながら旦那様を見上げました。

「年が近いし、幼い頃から付き合いはある。学校に通い始めても、学園内では身分は関係なく平等であるようにということになっていたが、王太子という肩書はどうやっても消せないからな。必然的に身分の近い者同士が集まることになる。親友かどうかは分からないが、悪友ではあるだろうな」

「確か王太子妃殿下もご年齢が近いのですよね」

「彼女は二学年下だった」

「そうでしたか」

私はまだまだ旦那様のことを知らないようです。

「……君は？」

「え？　何でしょうか」

「仲の良い友人はいなかったのか？」

え？　何ですか？　私がお友達もいない寂しい人間だったとお思いなのでしょうか。それは失礼というものです。いくらパーティー会場では壁の花だったとしても、お友達くらいいますよ。

私は胸を張ります。

「もちろんおりますよ。結婚して隣国へ嫁いでしまいましたので、最近は会うことはないですが、時折お手紙で近況を知らせ合っております」

「そうか。……男は？　男の友人は？」

「男性の友人ですか？　それは特にいま――」

と言ったところで。

「あれ？　リゼット・クレージュさん？」

前方から歩いてきた男性が私に声をかけ、駆け足で寄って来られました。

あ、ええと。確か。

「ブリュネさん？　お久しぶりです」

「久しぶり。学園卒業以来だね」

ブリュネ伯爵のご嫡男で、級友だったブリュネさんです。お父様は現在もご活躍中で、彼はまだ爵位を譲り受けていなかったかと思います。

「ああ、今はリゼット・サルヴェール侯爵夫人でしたね。失礼いたしました。初めまして。私はアルバン・ブリュネと申します」

「……レオナルド・サルヴェールと申します」

旦那様に視線を送った彼は礼を取ってご挨拶し、旦那様もまた儀礼的に返答されます。

挨拶を終え、彼は私に向き直ると親しげに笑みを浮かべました。

「結婚したと聞いて驚いたよ」

彼は見目が良く出自も申し分ありませんので、学園内でも人気が高く、華やかな学園生活を送っておられた方です。そんな彼ですから、クラスは同じでしたが地味で目立たぬ私とは一切無縁の遠い存在でした。お話しした記憶もございません。

おそらく私が侯爵家に嫁いだと知り、話しかけてきたのでしょう。それでも、あなたとお話しする話題はありませんと申して恥をかかせるわけには参りませんし、会話に少しお付き合いすることにしました。

「はい、最近結婚いたしました。ブリュネさんのご近況を伺っても？」

「うん。僕も一年ほど前に婚約したよ」

「そうでしたか」

学園卒業と同時くらいでしょうか。ご婚約が早いのですね。いえ。女性として私が遅いくらいなのでしょう。在学中にはすでに婚約が決まっている方もいますし、中には結婚する方もいますから。

「本当に懐かしいな。学生時代の友人ってこういう場でもないと会わないよね。まして女性となると」

「そうですね」

社交界で何度かお見かけしましたけど、覚えておりませんか。覚えておりませんね。私など目にも留まらなかったのかもしれません。目に留まったとしても、話したことがない相手にかける声もなかったでしょうし。事実、これ以上、私から提供できる話題もないので笑顔だけ返しておきます。

「……リセット。そろそろ」

旦那様が背に手を置き、私はほっとして顔を仰ぎ見ました。

「あ、はい。そうですね」

「申し訳ありません。足をお止めして失礼いたしました。では、またのちほど」

のちほどのお言葉は旦那様にかけられ、笑顔で彼は去って行きました。

旦那様と接点を作りたいという魂胆が見え見えではありませんか。私をその手段として扱うだなんて本当に失礼な方です。

「彼と仲が良いんだな」

「え!?」

淡々と旦那様に言われ、彼の背を白けた目で見送っていた視線を上げました。口調と同じく冷めたような視線を私に落としています。

旦那様の目はもしや節穴なのでしょうか。どこに仲の良い要素があったと言うのでしょう。

「いいえ。まったく」

「なるほど。君がそう思うのなら、そうなんだろう」

少々棘《とげ》のある口調はまるで拗《す》ねているかのようです。

「あ、あの。旦那様？　拗《す》ねています？」

「っ！　拗《す》ねていない」

あ、そうですか……

しかし言葉とは裏腹に旦那様はツンと顔を背けます。

「ええっと。本当に違いますよ？」

「分かっている。さあ、行こう」

うそ。分かっていませんよ。

とても納得したようなご様子ではありませんでしたが、私の背を押して促す旦那様と共に、仕方なく歩を進めました。


今回の夜会は人数を絞ったものだと旦那様はおっしゃっていましたが、それでもかなりの人数が参加しており、とても盛大なものでした。

室内を照らす美しいシャンデリア、卓上に置かれた華やかなお花、シミ一つない真っ白なテーブルクロス、美しく磨かれた銀食器。

調度品だけを見ても当然ながら最高級品ばかりで、抜かりがまるでありません。

「リゼット、食欲がないのか？」

向かい側の席にお座りになっている旦那様が尋ねてきました。

……あるわけがないと思うのです。

爵位の高い順に王家に近い席となるわけですが、私の出自は決して裕福ではない子爵家です。入り口側の末席に近く、王家の方々ははるか遠くお姿が確認できるかどうかという距離だったのです。

今は侯爵家の人間として、より王家に近い席に座らなければならないということは心得ております。しかしなぜ――王太子殿下が私の横にお座りになっているのでしょう。いえ。理由は何となく分かりますけど、おかげで胸の辺りがきりきりと締めつけられるように痛いです。

それに着慣れぬドレスの締めつけが苦しくて料理が喉を通りません。そもそもこのような場でがつがつと食べるのは品がありませんので、体面的に量を控えなければならないということもあります。これは私に限らず多くの女性がそうなのではないでしょうか。

ですから……

「口に合わない？」

とか、おっしゃるのは止めていただけませんか、殿下。仮にお口に合わないとしても、こちらから口を合わせに参ります……

「いいえ。とんでもないことでございます。ただ緊張しておりまして」

「そうなんだ。大丈夫大丈夫。気楽に行こうよ」

どうやって。

いえ申し訳ありません。不敬ですが、お気楽そうな殿下が――憎らしいです。

「お気にかけていただき、誠にありがとう存じます」

引きつった笑顔でお礼を申し上げると、私の心情を汲み取ったのでしょうか、旦那様が苦笑なさるお顔が見えました。

お酒でも飲むことができれば気持ちが少しぐらい安らぐのかもしれませんが、あいにくと私はお酒が飲めません。

「こういう場でのお食事は気持ちが引き締まりますものね。それに殿下、女性のドレスはとても窮屈で大変なのですよ」

旦那様のお隣、私のはす向かいにお座りになっている王太子妃殿下がまた助け船を出してくださいます。まさに女神様のようなお方です。

「そうなの？」

「ええ。そうですよ。ぜひご自分でも体験なされればいいのだわ」

「え……。それはちょっと勘弁願いたいなぁ」

王太子妃殿下の冗談とも本気ともつかないお言葉に王太子殿下が笑って、場は和やかになりました。

その後、お腹が満たされたかどうかはともかく、和やかな雰囲気のまま晩餐会を無事終えることができました。

ここからはおのおの自由にできる時間が取られています。いくつも用意されたサロンで情報交換したり、舞踏会が催《もよお》されていますのでダンスをしたり、また軽食や休憩場が用意されていたりもしていて、そこでは男女の交流などをすることになります。

晩餐会の会場は片付けのために閉鎖されるので、私と旦那様はひとまず隣接している舞踏会の会場に参りました。

「すぐに踊るか？」

ダンスホールでは一流の演奏者による音楽に合わせ、すでに何組もの男女が楽しそうに踊っています。

舞踏会は未婚の男女が交流するための手段の一つですし、私が公の場で下手なダンスを披露してわざわざ恥を晒さなくてもよいのではないでしょうか。旦那様も絶対的なものではないとお考えになったから、ダンスの特訓に力を入れなかったのではないか……などと勝手に解釈しています。

「いいえ。少し休憩したいです」

「そうか。分かった。では休憩してから舞踏会に参加しよう」

あら。旦那様の中ではダンスは必須課題だったのですね。そこまでダンスを重要とお考えだったとは存じませんでした。ならば妻として、やはりお付き合いしなければなりませんよね。

と考えていたところ、会場がどよめきます。

皆が注目する方向につられて視線をやると、王太子妃殿下がお一人で会場に入られたようです。まるで王太子妃殿下にだけ光が当てられているかのように輝いていて、思わず見とれてしまいました。

視線を少しだけ巡らした後、捜していた人物を発見されたのか、気品ある所作でこちらにいらっしゃいます。――と思っていましたら、私たちの前で足をお止めになりました。

「レオナルド様、こちらにいらっしゃったのですね」

なるほど。旦那様をお捜しだったようですね。

「ご夫婦でいらっしゃるところ、失礼いたします」

「いいえ。どうかされましたか」

王太子妃殿下は私に柔らかな笑みを向けられた後、旦那様をご覧になります。

「ええ。実はエドワード殿下が話の長い大臣に捕まってしまいましたの。しばらく戻って来そうにありませんから、ダンスのお相手をしていただけないかと思いまして」

「え？」

旦那様は訝《いぶか》しげに眉をひそめました。

「もちろんリゼット様のお許しを頂ければ、のお話ですが。――よろしいかしら」

女性の私でもどきりとするような、色を過分に含んだ流し目を私に向けられます。

旦那様のおっしゃる薫り立つ色気とは、きっとこういうものを言うのでしょう。

「は、はい。どうぞ」

気付けば王太子妃殿下の色香にあてられたように私は返事をしていました。すると旦那様は冷え冷えとした目で私を睨《にら》みつけてきます。

だ、旦那様、なぜ私を睨《にら》みつけるのですか。ダンスがしたかったのではないのですか。

「まあ、良かった！　ありがとうございます、リゼット様」

今度は子供のようにぱちりと手を合わせてお可愛らしい表情を浮かべました。

「では、レオナルド様、参りましょう。奥様に許可も頂いたことですし、もちろんエスコートしてくださいますわよね？」

王太子妃殿下のお誘いをお断りできる人物はいるのでしょうか。

旦那様も例にもれずお断りできないようです。

「っ。承知いたしました。では、一曲お相手させていただきます」

「あら。一曲だけですの？　つれないのですね」

くすりと笑いをもらす紅の引かれた唇が、今度は色っぽさを醸し出します。

色んな表情をお持ちなのですね。感心してしまいました。ですが、節穴の目の旦那様は何も感じないのでしょうか。不敬にも返事をせず、私に向き直ります。

「リセット、誰からダンスを誘われたとしても断れ」

誰も私など誘うことはないと思われますが。

私がすぐに返事をしなかったせいでしょうか。旦那様は念押ししてきます。

「いいな。ここから一歩たりとも動くな」

「一歩たりともですか？」

「ああ」

「い、一歩くらいはいいですか？」

だって会場に入ったばかりですから、すぐ背後は壁ですよ？　私をまた壁とお友達にさせるおつもりですか？

じろりと見据えられて私は仕方なく頷きました。

「かしこまりました」

「では行ってくる」

「はい。行ってらっしゃいませ、旦那様」

しずしずとご挨拶して送り出しましたところ、また旦那様に睨《にら》みつけられてしまいました。一方、王太子妃殿下はくすくすと笑っておられます。

ため息をついた旦那様は王太子妃殿下の手を取ると、私に背を向けて歩き出しました。

旦那様はお美しい王太子妃殿下の隣にお並びになっても決して見劣りいたしません。それどころかとてもお似合いです。お二人がまとう光がとても華やかで、皆の視線が集まります。一方、私は眩しすぎるお二人から視線をそらし、もう何歩か歩けば到達できるソファーへと目を移しました。

座って待っていたいです。動いては駄目でしょうか。

ところが横から強い視線を感じてそちらを向きますと、こちらに振り返っていた旦那様が壁際で立っておけとでも言いたげに顎で示しました。

……けち。

むっとしながら旦那様を睨《にら》み返すと、困ったように眉尻を下げましたが、王太子妃殿下に促されたようで前を向くと、今度こそダンスホールへとエスコートしていきました。

私は名残惜しくソファーに視線を移していましたが、ふと気付くと美しく着飾ったご令嬢数人が扇片手に私を取り囲んでいました。

「ごきげんよう、サルヴェール侯爵夫人」

一人の女性が代表して口火を切ります。

「ごきげんよう」

失礼ながら初めてご挨拶する方々ばかりでお名前が分かりませんでしたが、爵位が侯爵以下の方だったようで先にご挨拶を頂きました。

「この度はご結婚おめでとうございます」

「ありがとうございます」

続いて結婚祝いのお言葉を頂いたのでお礼申し上げます。

ブリュネさんのようにサルヴェール家の人間である私と友好関係を築こうとしているのか、あるいはそうではないのかすぐに知ることができるでしょう。

「サルヴェール侯爵と言えば、女性のみならず貴族の間で話題に上らない日がないくらい常に脚光を浴びているお方です。侯爵夫人はその方の妻の座を射止められたわけですから、とても羨ましいことですわ」

射止めた？　……そうですね。そうとも言うのでしょうか。

「ありがとうございます」

「ですが、お披露目はされなかったようですね。どのような素敵な方とご結婚され、どのような盛大な結婚式を開かれるのかと、皆、とても楽しみに注目していたのですが」

「そうですわよね。大々的にお披露目されるのを控えた理由でもおありなのでしょうか」

「皆さん、失礼だわ。あの麗しいサルヴェール侯爵に愛された女性ですよ。お披露目を控える理由なんてあるはずないでしょうに」

「あら。ですわよね。失礼いたしました」

ご令嬢らはなぜかくすくすと笑います。

でも確かにおっしゃる通りですね。虚しすぎる一人結婚式ののちの結婚式も、アスペリオン公爵ご夫妻にはご列席いただきましたが、侯爵位としては盛大とは言えないのかもしれません。そもそも前提が違います。だから私は訂正申し上げます。

「皆様、勘違いなさっておられます。愛された女性だなんて。わたくしたちはどこにでもあるごく普通の政略結婚ですわ」

にっこりと笑うとご令嬢方は目を見開き、ぐっと息を詰まらせました。

しかし、最初に私に声をおかけになった方がいち早く立ち直られました。

「そ、そうですか。そうとは存じませんでした」

「ええ。貴族間で政略結婚は暗黙の了解とされていましても、あまり表立ってはお話しいたしませんものね」

「そうですわね。ああ、そういえば」

彼女はこほんと小さく咳払いし、ダンスホールへと視線を移します。

私もつられるようにそちらを見ると、旦那様とコーデリア王太子妃殿下がダンスされているお姿がすぐに目に入ってきます。

お二人ともお美しく、神様に選ばれた特別な人間のように思います。私と同じ人類だとは到底思えません。やはり旦那様は美しい珍獣なのでしょうか。

「ご存じでした？　コーデリア様とサルヴェール侯爵、サルヴェール様とお呼びしても？　――サルヴェール様は昔からのご友人だということを」

「そうだったのですか。それは存じませんでした。在学が重なる期間があったということはお聞きしておりましたが」

するとその彼女は気を取り直したように得意げな表情になりました。

「二つお年が下のコーデリア様ですから、在学期間が重なっておりますわね。ですがもっと以前、幼い頃からのご友人だと聞いております」

「とても仲睦まじいご様子でいらっしゃいましたわよね」

別のご令嬢が横のご令嬢に同意を得るように話しかけています。

「ええ。ですからわたくしどもは、コーデリア様が二年前に王太子殿下とご結婚なさるまでは、サルヴェール様とご結婚されるものとばかり思っておりましたわ」

「美男美女でとてもお似合いですし」

そうですね。私もそう思いました。

うんうんと頷く私にご令嬢方は少し怯んだように眉をひそめましたが、すぐにまた笑みを向けます。

「あ、ああ。これはご存じかしら。サルヴェール様の初恋の方がコーデリア様であるというお話は」

「……え？」

王太子妃殿下が旦那様の初恋の方⁉

ここで初めて目を瞠《みは》った私に彼女たちは笑みを深めました。

「あら、ご存じな――」

「そのお話、もう少し詳しくお聞かせいただけませんか」

ここのところ、旦那様に主導権を握られ、振り回されているような気がします。ここは一つ巻き返しのために旦那様の弱点を探り――ではなく、旦那様のことをもっとよく知りたいです。

興味津々で一歩前に足を進めた私に対して、彼女たちは気圧《けお》されたように逆に一歩後ろに下がりました。

「こ、こちらはあくまでも噂ですわよ」

「ええ。それで」

「サ、サルヴェール様は、コーデリア様と王太子殿下とは幼き頃よりお知り合いだったそうです」

確かに旦那様は王太子殿下とは幼き頃より知り合いだとおっしゃっていました。王太子妃殿下のことは何もおっしゃっていませんでしたが、私には言えなかったのでしょうか。ますます聞きたいです。

「はい。それで」

「ご年齢もご身分も高いお三人はとても仲が良かったそうです。そしていつしか王太子殿下とサルヴェール様は、コーデリア様に恋をするようになったのです」

「なるほど、なるほど」

私がまた一歩前に出る度に彼女たちは腰を引きながら下がりますが、構わずに彼女たちのお話を聞くことに専念します。

「王太子殿下と旦那様はご親友でいらっしゃいます。王太子妃殿下を巡っての恋の戦いは、互いにとてもお心苦しかったことでしょうね」

「そ、そうですね。けれどどちらがコーデリア様のお心を射止めたとしても、応援していこうと思われたのでは」

「ええ、ええ。ご親友だからこそ、お相手の良いところを深くご理解されていたことでしょう。旦那様はたとえご自分が選ばれなかったとしても、お恨みになどならなかったはず」

小さく拳を作って頷く私に、彼女らも話に熱が入ってきます。

「ええ、そうです！　結果、サルヴェール様が恋の戦いに破れてしまいました。傷心されたことでしょう。けれど一番のご親友がコーデリア様に選ばれた誇らしさも感じられていたのではないでしょうか」

「ええ、ええ。きっとそうですわ。あなたのおっしゃる通りです！」

私は作った拳を解いて胸の前で手を合わせますと、彼女も力強く頷きました。

「ですからサルヴェール様が長らくご結婚されなかったのは、コーデリア様を忘れられなかったからではないかと」

「そうだったのですね。……とても切ないお話ですわ」

いつの間にか目に浮かんでいた感情を抑えるように私は口元を押さえました。

「旦那様にそんなお辛い過去がおありだったとは思いもしませんでした。わたくしときましたら、旦那様の弱――過去のことを知りもせずに、先ほど王太子妃殿下とのダンスに笑顔で旦那様を送り出してしまいました。無知は罪です。自分を恥ずかしく思います」

「いいえ、いいえ。そんなことは！」

「リゼット様！　知らぬものは、これから知っていけばいいのです！」

彼女らも目が潤んでいるようです。何とお優しい方々でしょうか。

「ありがとうございます。そうですよね。これからもっと旦那様のことを知ってお支えしていきたいと思います。お話ししていただき、誠にありがとうございました」

「リゼット様！　わたくしたち、応援させて――あ」

「え――きゃっ⁉」

背後から急に私の首元に腕が回りました。これは旦那様の香りではありません。

「やあ。子猫ちゃんたち、何のお話をしているのかな？　俺も仲間に入れてくれない？」

「ル、ルミン様⁉」

聞いたことのある軽薄そうな男性の声にはっと気付き、緩やかに回された腕に手をやって振り解こうとします。

「ご名と――」

ルミン様が最後まで言い切る前に彼の体が後ろに引かれたかと思うと、次の瞬間には私は手首を取られ、別の誰かの――いえ、いつの間にか側にいた旦那様の胸に収まりました。そして私の肩と腰に旦那様の両腕が回ります。

「ルミン、何のつもりだ。リゼットに触れるな」

旦那様は冷たく咎《とが》めます。

私は顔を上げてルミン様のほうを振り向こうとするのですが、それを許さないとばかりに強く抱きしめられたままです。

「何だよ。これくらいで怒ってさ。レオナルド、ちょっと余裕ないんじゃないの？」

「他人が妻に触れることを不愉快に思わないわけがないだろう。と言うか、なぜお前がここにいる」

「悪い？　俺もご招待を受けたんだから文句を言われる筋合いないよ？」

声からして平然としています。相変わらずのご様子ですね。とりあえず私もご挨拶することにしましょう。

旦那様、と胸を軽く叩いて促しますと、仕方ないといった様子で解放してくださいました。

「ごきげんよう、ルミン様」

私はルミン様に向き直ると丁重に礼を取って顔を上げます。すると彼は一瞬目を瞠《みは》った後、にっと唇を薄く引きました。

その不敵な笑い方は旦那様とよく似ていらっしゃいます。……と言ったら、旦那様に怒られてしまうでしょうか。

「へぇ。リゼッ――サルヴェール侯爵夫人」

旦那様に睨《にら》みつけられて言い直しました。

「すごく綺麗にしてもらったね。見違えたよ」

「え？　あ。ありがとうございます。ルミン様もそのようなお姿もお似合いになりますね」

以前お会いした時は軽装でしたが、本日はきちんと正装なさっています。さすが伯爵家のご令息です。

「あははは……そんなこと初めて言われた」

ルミン様が苦笑いなさったところで。

「ちょっと、レオ！」

不機嫌そうな女性の声がかかり、そちらへと視線を移すとそこにいらっしゃったのは、腕を組んで眉をひそめている王太子妃殿下でした。

王太子妃殿下の目が細くなり、眉が上がっていますが、不愉快そうな表情もお美しいです。お美しい方はどんな表情でも、どんな角度でもお美しいということでしょう。

それにしても、レオとおっしゃいましたか？　……レオナルド様、つまり旦那様のことですよね。

「いくら何でも王太子妃殿下のわたくしを、挨拶もまともにせずホールに一人残して行くのは酷いでしょう。王家に恥をかかせるなんて不敬に当たりますわよ！」

もしかして旦那様は私のために、駆けつけてくださったのでしょうか。……いえ。喜んでいる場合ではありませんね。王家の方に無礼を働いたのですから。

「私の首が欲しいのか？　意外と悪趣味だな」

「誰がいるものですか」

冷めた表情の旦那様に対して、つんとそっぽを向く王太子妃殿下。

お話に聞いていた通りお二人は親しげですが、ここまで砕けたご関係だったとは。

「まあ、首が欲しいならこいつの首を持っていけばいい。こいつが人の妻に手を出したんだ」

旦那様が顎で指し示す相手はもちろんルミン様です。

とは言え、ルミン様は動揺の一つもしておりません。

「うわ、酷っ。親戚となった方とのちょっとした触れ合いだったのにさ。保身のために従兄弟《いとこ》を売るなんて最低だと思わない、リゼットちゃん」

「申し訳ありません。ルミン様のお言葉には賛同できかねます」

「あ、そ……手厳しいね」

「それよりだ」

私がルミン様を援護しなかったからか、彼への興味を失ったらしい旦那様は、今度は私に視線を向けました。それはもちろん私を非難するような目です。

「私は君に一歩たりとも動くなと言ったはずだ」

「それはあの」

そういえば、ご令嬢方にお話を伺おうと前のめりになって、最初の場所よりも離れていました。

「……ところで君たちは？」

冷たい視線のままご令嬢方にお尋ねになるので、私は慌てて怯えた彼女らの前に立ちはだかりました。

「わたくしのお友達です。先ほどまで楽しく会話しておりました」

「楽しく？」

旦那様の眉がぴくりと上がります。

私の交友関係にまで干渉されてしまうのでしょうか。気付けば問い返していました。

「わたくしが楽しくしていてはいけませんか？」

「いや。そういうわけでは……」

では、どういうことでしょうか。口ごもる旦那様を睨《にら》みます。

その時です。明るい声がしました。

「あ、コーデリア。ここにいたんだね」

会場に入られた王太子殿下が、王太子妃殿下の姿をお見つけになって、笑顔でこちらにやって来られました。

「いやぁ。ごめんね。ようやく解放されたよ。悪い人じゃないけど話が長いのは勘弁……ん？　え、何？　……この凍えるような冷たい空気」

私と旦那様、王太子殿下に王太子妃殿下、そしてルミン様は空いたサロンに移動することになりました。

ソファーの私の右隣には旦那様、左隣の個別ソファーにはルミン様がお座りになりました。王太子殿下はテーブルを挟んだ向かい側のソファーにお座りになっています。

テーブルには軽食と飲み物が用意されていました。私は果実飲料ですが、他の皆様はお酒を召し上がります。私は年齢が皆様とは離れておりますし、お酒も強くないため、一人だけ大人のお仲間から外された気分になってしまいました。

「それで、一体何があったわけ？」

口火を切られたのは苦笑いされている王太子殿下です。

「ええ、ぜひ聞いてくださいな。レオがダンスの終わりの挨拶もそこそこに、わたくしを一人残して場を離れたのですよ。失礼でしょう？」

まず王太子妃殿下がご説明なさいました。次に反論の口を開かれたのは旦那様です。

「ルミンが私の妻に手を出しているところが見えたんだ。仕方がないだろう」

「手を出すって大げさだなぁ。それに俺はリゼットちゃんがご令嬢らに絡まれているように見えたから助けに行っただけだよ」

「そうなのか？」

旦那様が私にお尋ねになり、皆の視線が私へと集中しました。私は首を振って否定します。

「いいえ。先ほども申しましたが、楽しく会話をしていただけです」

「では、やはりお前が悪い」

旦那様はルミン様を冷たく見つめました。

「えー。リゼットちゃん、それはないんじゃない？　明らかに悪意を持って絡まれていたでしょ」

「どこからご覧になっていたのですか？」

「ごきげんよう、サルヴェール侯爵夫人って辺りかな」

ほぼほぼ最初ではないですか。傍観を決め込んでいましたね。

「そうですか。では、絡まれていないとお分かりになったのではありませんか？」

「初めは明らかに絡まれていたよね」

「そう思われたのなら、なぜすぐに声をかけてくださらなかったのですか」

「いやぁ。君がどういう対応を取るのか見たくてね」

ルミン様は笑って肩をすくめます。

「だったらやはりお前が悪いだろ」

「へえ？　魑魅魍魎《ちみもうりょう》がはびこる場所に妻を一人にしておくのは悪くないって言うんだ？」

「っ、それは」

旦那様はルミン様のお言葉に反論できません。

王太子妃殿下からダンスを申し込まれたから断れなかったなどと、旦那様の口から言えるはずもありませんものね。

「そういえば、レオは何でコーデリアとダンスしたの？」

王太子殿下がお尋ねになりますが、旦那様は押し黙ったままです。

ああ。王太子殿下も旦那様のことをレオとおっしゃるのですね。

「コーデリア、君から誘った？」

質問相手を間違えたと気付かれたのでしょう。王太子殿下は王太子妃殿下に笑顔で尋ねました。

そこで初めて王太子妃殿下は怯んだような表情になります。

「え、ええ。まあ、そういう、ことになる、のでしょうか」

視線を斜め上に向けてお答えになりました。

なるほどよく分かったよ、と王太子殿下はにっこりと笑います。

「では判決を言い渡す。ルミン、君は人の妻に手を出すのが悪い。いい年なんだから、そろそろ自制するように」

「……はい。王太子殿下、仰せのままに」

ルミン様は苦笑いしました。

「では次にレオ。ダンスの途中で王太子妃をホールに一人残すことは不敬である前に、一人の女性に対する態度として失礼だよ。そもそもルミンが言うように妻を一人放置しておいた君の不手際だ。長らく結婚しなかったサルヴェール侯爵が結婚相手として選んだ女性を一人にすればどうなるか、想像がつかなかった？」

「……ああ。そうだな。コーデリア、悪かった。リゼットも一人にしてすまない」

旦那様は苦虫を噛み潰したような表情をしながらも謝罪されました。

「そしてコーデリア。妻がいる男を自らダンスに誘うのは感心しない。大いに反省するように」

「……申し訳ありませんでした」

「それは僕に言うこと？」

身を小さくした王太子妃殿下が謝罪なさるも、王太子殿下は間違いを正そうとたしなめます。

すぐに王太子妃殿下は私のほうを向き、謝罪のお言葉を述べます。

「ごめんなさい。あなたを傷つけるつもりではなかったのです」

「はい。承知しております」

でも旦那様には酷なお誘いでしたよね。私ではなく、旦那様への謝罪が正しかったのではないかと思います。

しかし厳しい瞳をしていた王太子殿下はふっと目を細め、表情を和らげます。

え？　私まで何か罪があるのでしょうか。思わず身構えました。

「最後にサルヴェール侯爵夫人」

「――君は無罪放免だ」

ああ、そうですよね。

当然の判決に私は王太子殿下に笑顔を返しました。

「その……わたくしのせいで大事《おおごと》になって申し訳ありません」

王太子殿下がお話を終えると王太子妃殿下が肩をすくめました。

「それでコーデリアは何がしたかったの？」

「レオのために良かれと思ってやったことですの……」

「は？」

旦那様は怪訝《けげん》そうに王太子妃殿下に視線を向けます。

「レオは不器用な方ですからね。言いたいことも言うべきことも、ちゃんと言葉にできていないでしょうから。それで少しお手伝いをと」

「まわりくどいな。だから何が言いたい？」

王太子妃殿下はため息をつきました。

「つまりですね。わたくしが我儘《わがまま》なお願いをしてリゼット様の表情が陰れば、レオは『妻を一人置いて他の女性と踊ることはない』ときっぱりと断ると思っていましたの。きっと普段は照れてしまって、リゼット様に愛のこもった言葉なんてかけられていないでしょうから、気をきかせてあげたつもりでしたのよ」

「あはは。コーデリアちゃんは言わなくていいことまでずけずけ言うもんね」

ルミン様が笑って指摘すると、彼女は悪かったですねと目を細めて唇を尖らせます。

愛称で呼ばれているところを見ると、ルミン様も王太子妃殿下と親しくされていたのでしょう。

「コーデリアちゃん、だけどそれは余計なお世話だね。誰も頼んでいないのに、夫婦の間に口出しするのは野暮だよ。人の恋路を邪魔するやつは何とやらってね」

「ルミン。間違ってはいないが、とりあえずお前が言うな」

旦那様はルミン様に呆れた目を向け、王太子妃殿下はため息をつきます。

「確かに自己満足なものだったと反省しています。ただ、レオがわたくしの誘いを受けた気持ちも分かります。リゼット様、冷静沈着ですものね。少しくらい感情を引き出せればと思ったのでは？」

そう言って王太子妃殿下は、私に視線を向けます。

冷静沈着というのは私のことですよね。別に冷静沈着ではないのですが……。それに感情というのは怒りの感情でしょうか。私が王太子妃殿下に対して怒るというのですか？　そんな、とてもとてもシラフでは言えません。

「そう？　リゼットちゃん、結構熱いよ？　レオナルドは知らないの？」

「……知っている」

「あら。そうなのですか？　でも今回、レオがわたくしの誘いに乗ってきたのは、そういうことでしょう？」

王太子妃殿下の質問に対して、気まずそうにしている旦那様は黙秘なさいます。

私は私で皆様の会話に入れないので、ただひたすらに飲み物を飲むことに徹し、成り行きを見守るばかりです。

それにしてもさっきから王太子妃殿下はレオレオうるさいですね。なーにがレオですか。

むっとしながら傾けたグラスに口をつけると、喉に流れ込んできた熱がお腹へと一度下がった後、頭まで上昇してくると共に感情も沸き立ってきたように思います。

「否定はできないが……」

旦那様は右の方向へと顔を背けました。

照れた時にする仕草です。何となくむっとしてしまいました。

「そうよねぇ。わたくしがレオを誘っても、彼女は顔色一つ変えず即座に了承したもの。あなたの気持ちは分かりますわ」

「何にせよ、人を試すようなことは良くないよ。今回リゼットさんは懐の大きさを見せてくれたけど、誤解を与えたり、傷つけたりしたかもしれない。それは人と接する行動として正しいこと？　まして知り合って間もない人に対して。それにコーデリア、君は王太子妃だ」

王太子殿下が穏やかに、けれど厳しくたしなめました。

殿下はとても誠実で常識ある方のようです。

「……誠に申し訳ありません。人として、そして王太子妃としての振る舞いではありませんでした」

王太子妃殿下は再び謝罪されたかと思うと、鋭い視線を旦那様に投げかけます。

「誘いに乗ったあなたも同罪でしょ。レオも一緒にリ――」

だ・か・ら。

いいかげんっ――

「さっきから、レオレオうるさあぁーいっ！」

「リ、リゼット⁉」

旦那様がぎょっとした表情で私を見ました。

「どうし――おい！　それ、私のグラス！」

慌てたように、私が手に持っていたグラスを取り返します。

あぁぁぁ。口当たりが良くてとても美味しかったのに取り上げるだなんて。

「あらら。もう、あと一口ぐらいだね。ワイン、どれくらい残っていたの？」

「あと二、三口くらいしか残っていなかったはずだが」

「お酒弱いんだねぇ。目が据わっちゃっているよ」

「顔が赤くなっていないから気付かなかった……」

旦那様とルミン様が何やらお話ししているようです。けれど、そんなことは今どうだっていいのです。

「旦那様！」

旦那様のほうへと身を乗り出します。

「な、何だ？」

「初恋の方だからって、妻の前でデレデレと！　わたくしのことを愛しているって言ったくせに。この浮気者！」

「う、浮気者!?」

拳を作って振り上げますが、私の力が入っていないのでしょうか、軽々と受け止められてしまいます。

「あら。あなた、リゼット様にちゃんと愛していると言っていたのですか」

「ち、違っ――わないが、デレデレなんてしていないだろう。そもそも誰が初恋の方だ？　まさかコーデリアのことを言っているんじゃないだろうな。こんなじゃじゃ馬、今も昔も真っ平ごめんだぞ」

「まあ！　こちらこそあなたみたいな冷血漢、願い下げだわ！」

「コーデリア殿下！」

「は、はい!?」

私は旦那様に抱かれたまま人差し指でびしりと指さすと、彼女はびくりとして背筋を伸ばします。

「言っておきますけどねぇ。レオ呼びよりも、旦那様呼びのほうがえらいんですからね！」

「……は？　え、えらい？」

「それに旦な様は、れーけっかんではありません。とてもやさしいお方です。誰よりもずっとずっとすてきな方なんですから。今さら返してと言っても返してあげないんだから。分かりましたか？　――分かったら速やかに返事する！」

「は、はい！　ごめんなさい！」

「よし」

左側からヤバいウケるという忍び笑いが聞こえてきた気がしますが、私は構わず王太子殿下に視線を移します。

「次におーたいし殿下」

「あ、はい。ご教示よろしくお願いいたします」

すでに姿勢を正して聞く体勢に入っている殿下に感心します。

「いち民の声を聞こうとなさっているのは、さすがですね。民に寄り添うそのお心構えは国王の器量をお持ちですよ。その御心をゆめゆめお忘れなきよう」

「それは……ありがとうございます」

やばいやばい笑い死ぬとか無礼なことを言っている方は誰ですか？　殿下の御前ですよ？

「でん下、いいですか？　でん下がこれまでだんな様と過ごしてきた時間よりも、わたくしのほうがこれからもっともっと長く一緒にいることになります。でん下よりももっともっとだんな様のことを知ることができるのですからね。でん下は、だんな様の左わき腹にハート形のあざがあるのをごぞんじですか」

「お、おい、リゼット！」

「それは知らなかったなあ」

「でしょう」

ふふんと得意げに鼻を鳴らします。

「ですから今は負けていますけれど、わたくしがだんな様のことを一番知る立場になるのです。かくごしておいてくださいね」

「うん。そうだね。分かった」

「はい。それとだんな様はみりょく的な方だから、ちゃんとコーデリアおーたいしひでん下をつかまえておかないと取られちゃうんですから。しっかりつかまえておいてくださいな」

「確かに。承りました」

優しげに笑う殿下に私は満足して頷くと、最後の人物に視線を向けます。

「ええっと、最後にル……ル、ミン様！」

「はーい。何なに？」

うんと。私は何を言おうとしたのでしょうか。それにまずいです。今、人の顔が二重に見えています。限界が近いのかもしれません。

「ル、ミルン様。ええと、ルミルン様。あら、ミルルン様だったかしら。まあ、どちらでもいいでしょう」

「どちらでもいいって……。どっちも間違ってるし」

「あなたに言うことですが、ええと、ええと。――特になし！」

「指名しておいて、扱いひどっ！」

ミルルン様が抗議の声を上げた瞬間、誰かがぷっと噴き出し、それから一斉にこの場に笑い声が広がりました。

あら。なぜ皆様、笑っていらっしゃるのかしら。誰か何か面白いことを言ったのかし――

「リゼット！」

瞼が重くなった私は抵抗せずに目を伏せます。直後、浮遊感を覚えましたが、旦那様の香りに包み込まれ、私は安心して身を任せました。


少しして背に柔らかなクッションのような感触がしました。大きさからしてベッドなのでしょうか。

わずかに目を開けると旦那様の顔が見えます。

「……な、さま」

「リゼット、気付いたか。大丈夫か？　水を飲むか？」

「あついです。熱い。体が熱いです……。ドレス、きつい」

胸を圧迫されて苦しい。早く脱ぎたい。

熱に浮かされたように、かすれた声で何とか懇願します。

「お願い。ドレス、脱がせてください」

「――っ。リゼット」

夢うつつでベッドが軋《きし》む音が聞こえ、旦那様の香りが強くなりました。

◇◇◇

「ん」

誰か人が動いている気配がします。旦那様でしょう。もう朝なのでしょうか。旦那様がお仕事に出るのならば、私も起きなければ。

そう思って目を開けました。そのまま身を起こすと、いつもとは違う天蓋付きのベッドにいることに気付きます。寝衣もいつものものではなく、ベッドの隣には誰もいません。

下りた天蓋の間から顔を出すと、礼服を身にまとった旦那様がこちらを振り返りました。

「おはよう。起きたか」

「はい。おはようございます」

「気分はどうだ？　吐き気は？　頭痛は？」

近づいてきた旦那様は矢継ぎ早にお尋ねになってきます。

「いいえ。問題ありません。……あの。ここは」

内装は豪華で、調度品は見たこともないものばかりです。居室と寝室が一部屋になっている間取りで、当然サルヴェール家のお部屋とは異なります。

「王宮のゲストルームだ。昨日、君が間違って私のグラスの酒を飲んで酔ったからな。馬車で帰るとさらに酔いが回ると思って一泊させてもらうことにした」

「そ、そうだったのですか。ご迷惑をおかけいたしました」

「もしかして昨夜のことを覚えていないのか？」

ベッドの端に腰かけた旦那様は眉をひそめました。

「王太子殿下が皆様をたしなめておられたことまでは覚えておりますが、途中から記憶はあやふやです。ただ、何だか胸がすくような楽しい夢を見ていた気がします」

「そうか。胸がすく楽しい夢ね……」

あ。一つ思い出したことが。

「そういえば旦那様、浮気したそうですね⁉」

「……していない。私は清廉潔白だ」

何で浮気の話だけは覚えているんだと呆れた表情をされていますが、旦那様のお話ではなかったようです。

「ところでわたくしはこのお部屋まできちんと歩けていました？」

「いや。私が抱きかかえて連れてきた」

旦那様に抱きかかえられて⁉　は、恥ずかしすぎます。

「そ、それは失礼いたしました。あ、あと旦那様。ド、ドレスは。どなたが着替えさせてくださった、のでしょう」

もしかして旦那様が？　私ははしたなく乱れたりしていなかったでしょうか。酔いに任せて旦那様にしなだれかかったり……とか！

顔がさらに熱くなってきます。

「今さら何を恥ずかしがっているんだ」

「そ、それとこれとは別なのです」

「分からないな。まあ、ドレスは宮廷侍女に頼んで着替えさせてもらった。ドレスの着脱はかなり大変な工程のようだったからな。君が苦しがっていたのがよく分かった」

「そうですか。――って、やはり見ていたのではありませんか！」

ほっとしてうっかり聞き流すところでした。悪い人です。

「何を怒っている？　私は君の夫だ。それに酔ってふらふらしていたから、侍女一人では大変だろうと私も手伝った」

「そ、それはそ――はっ。さ、昨夜は何も……されていませんよね？」

何となく胸元を押さえながら尋ねてみますと、旦那様は腕を組んで片眉を上げます。

「私が前後不覚になっている女性に手を出すような人間だとでも？」

「そうですよね」

「だが、君は私の妻だ」

「え！」

するとと今度はふっとおかしそうに笑みをこぼしました。

「眠っていたとしても、何かされたらさすがに気付くだろう？」

「あ、そうですよね」

「しかし君は熟睡している時は何をしても起きないからな。昨夜は泥酔していたし」

「ええっ!?　け、結局どっちなのですかぁ……」

思わず情けない声を出してしまいました。すると旦那様は距離を詰めて、私の頬に手を当てます。

「男の前で酔いつぶれる人間が悪い。何より君は私の妻だ。酒の毒に溺れ、頬を紅潮させて目を潤ませる可愛い姿の妻に手を出したとして、何が悪い？」

「そ、そういう問題ではないのです。旦那様のお姿も目にせず抱かれるなんて。……嫌です」

「っ！　リゼット……」

目を瞠《みは》った旦那様は私を抱きしめました。

とくとくと高まる鼓動と熱が伝わってくるほど強く抱かれ、伝染したように私の鼓動も高まります。

「君を愛している。君だけを愛している。これからも愛するのは君だけだ」

「だ、旦那様」

旦那様のお言葉と抱擁はお酒よりも深く酩酊させ、心を熱く体を甘く痺れさせてくれるものです。

「……はい。わたくしも旦那様を心より愛しております。そしてこれからも旦那様を愛し続けます」

私は旦那様と同じだけの気持ちを返したくて、強く抱きしめました。

すべての出席者がゲストルームはお使いになったわけではなく、遠方に住む貴族の方々や希望された方のみがお泊りになったようです。朝食は大広間ではなく、各部屋に配膳されてそこで取りました。そして身支度を整えて王宮を出ることになります。

「結局、舞踏会には参加できなかったな」

「ええ。けれどいいのです。わたくしはいつだって旦那様とダンスできるのですから。わたくしは旦那様の妻ですもの」

「リゼッ――」

「あ。昨日の皆様だわ」

部屋を出て、陛下や殿下がおわしますお部屋に移動している途中、昨日のご令嬢方の姿が目に入りました。

「少しご挨拶しても？」

旦那様はなぜか手を気まずそうに引くと、そのまま顎に当てて咳払いをしました。

「旦那様？」

「いや。……ああ、そうだ。彼女らは昨日、酔って眠っていた君のことを心配してくれていた。私はここで待っているから挨拶してくるといい」

「はい」

私が向かうと同時に彼女たちは私に気付き、すぐに駆け寄ってくださいました。

「リゼット様、昨日はありがとうございました」

「こちらこそお話を聞かせてくださいまして、ありがとうございました。また昨夜は体調をお気遣いいただいたそうで、誠にありがとうございます」

「いいえ。そんな！　わたくしどもは大きな誤解をしておりました」

「誤解ですか？」

うんうんと頷き合う彼女らに私は首を傾げました。

「ええ。昨日、サルヴェール様がリゼット様のことをとても深く愛していらっしゃるのだと知りました。ご自分の腕の中で眠るリゼット様をそれはもう、本当に愛おしそうに見つめておられましたもの」

「ええ、ええ！　わたくしどもは思いました。サルヴェール様がこれまでご結婚されなかったのは、運命のお方、リゼット様と出会われていなかったからなのだと」

「――えっ！」

顔が赤くなるのが分かります。

皆様は満足そうに明るい笑みを浮かべると両手で拳を作りました。

「これからも頑張ってください。応援しております！」

「はい！　ありがとうございました」

彼女らと別れて旦那様のもとに戻ります。……あら、そういえば。

「ルミン様はまだいらっしゃるのでしょうか？」

まだいらっしゃるのならば、ご挨拶をしたほうがよいでしょう。

「さあ。だが気にしなくていい。それとも彼に何か言いたいことでも？」

「え、いえ。特に……特に？」

――特になし！

何だかそんなことを口走ったような、そうでないような。

「特にないなら気にすることはない」

旦那様は唇を横に薄く引きます。

「そう、ですね？　……あ。ええと、あの。それと旦那様。昨日のアルバン・ブリュネさんですが」

「ああ」

あまりにも興味なさそうに答えるものですから私は旦那様を仰ぎ見ました。

「本当に仲良くないですよ？」

「ああ」

「ほ、本当ですよ？」

「分かっている。ただ……私が勝手に妬《や》いていただけだ」

「や、妬《や》いていらっしゃったのですか？」

妬《や》いてくださっていたとは。

熱くなった頬を押さえて視線を少しそらしました。すると廊下の一角で老年のご夫婦と思われる男女が言い争いしている姿が目に入ります。たとえ愛を誓い合った相手だとしても、変わらぬ熱量を保ち続けるのはとても大変なことなのかもしれません。

私は旦那様へと向き直りました。

「旦那様。わたくしたち、もっとお話をしましょう」

「……いや」

「え⁉」

話し合うことを拒否された⁉

愕然としましたが、旦那様は微笑します。

「もっと喧嘩をしよう。もっとお互いを知ろう。そして感謝し合おう」

「はい！」

先ほどのご夫婦にそっと視線をやると、抱き合うお二人の姿が見えました。

そうして、帰りのご挨拶のために王家の方々の前までやって来たわけですが、王太子妃殿下はまず謝罪のお言葉を改めて述べてくださいました。

「リゼット様、昨夜はわたくしの無作法な振る舞い、大変失礼いたしました」

「いいえ。お気遣いいただき、ありがとうございます」

「寛容なお心、誠に感謝いたします。リゼット様のおかげでとても楽しい夜を過ごせましたし、お人柄に助けられました。ありがとうございます。レ――サルヴェール侯爵の普段は見られない顔も見られましたし」

一体何のことでしょう。困って旦那様を見つめたところ、ごほんと咳払いしました。

「いいから、ほら。王太子殿下にご挨拶を」

旦那様に促されてご挨拶をしますと、殿下は朗らかな笑みをこぼしました。

「いやぁ。本当に昨日は楽しかったよ。君に国王の器量があると言われてとても嬉しかった。君とはもっと話したいから今度はゆっくり来てね」

「はい。ありがとう存じます」

……ん？　君に国王の器量があると言われて？

殿下の言葉を反芻《はんすう》して、私は顔から血の気が引いてきました。

「だ、旦那様？　昨夜のわたくしは一体何をしでかしてしまったのでしょうか」

「気にするな。世の中には知らないほうが幸せなことだってある」

無知は罪。けれど知らないほうが良いことだって、世の中には確かに存在しているのです。

それを痛感した日でした。


ある日の昼下がり。

旦那様と二人、久々に屋敷でゆっくりとくつろいでいます。

「旦那様。ご存じですか？　最近、サルヴェール侯爵は妻を溺愛しているという噂が流れているようです。人の噂とは恐ろしいものですね。恋焦がれ、愛に溺れているのはわたくしのほうですのに」

すぐ隣に座る旦那様は口をつけていたカップをソーサーに戻すと、私を見てふっと笑いました。

「いいや。合っている。私のほうが君をより愛している」

「いいえ、わ――」

旦那様は私の言葉を遮るように熱い口づけを落とします。

言い逃げなんてずるいです。だから次はきっと私が、わたくしのほうが旦那様をより愛していますと、言い逃げてみせましょう。

私はそう心に決めながら、今は旦那様の深い愛に溺れました。

この作品に対する皆様のご意見・ご感想をお待ちしております。

おハガキ・お手紙は以下の宛先にお送りください。

【宛先】

〒150-6008 東京都渋谷区恵比寿4-20-3 恵比寿ガーデンプレイスタワー 8F
（株）アルファポリス　書籍感想係

メールフォームでのご意見・ご感想は右のQRコードから、
あるいは以下のワードで検索をかけてください。

アルファポリス　書籍の感想　検索

ご感想はこちらから

本書は、「アルファポリス」（https://www.alphapolis.co.jp/）に掲載されていたものを、
改稿・加筆のうえ書籍化したものです。

旦那様《だんなさま》は大変《たいへん》忙《いそが》しいお方《かた》なのです
あねもね

2023年 8月 5日初版発行

編集－山田伊亮
編集長－倉持真理
発行者－梶本雄介
発行所－株式会社アルファポリス
〒150-6008 東京都渋谷区恵比寿4-20-3 恵比寿ガーデンプレイスタワー8F
TEL 03-6277-1601（営業） 03-6277-1602（編集）
URL https://www.alphapolis.co.jp/
発売元－株式会社星雲社（共同出版社・流通責任出版社）
〒112-0005 東京都文京区水道1-3-30
TEL 03-3868-3275
装丁・本文イラスト－宛
装丁デザイン－しおざわりな（ムシカゴグラフィクス）
（レーベルフォーマットデザイン－ansyyqdesign）
印刷－図書印刷株式会社

価格はカバーに表示されてあります。

落丁乱丁の場合はアルファポリスまでご連絡ください。

送料は小社負担でお取り替えします。


ISBN978-4-434-32339-3 C0093